预备技师职业功能模块课程体系培养方案及课程大纲

电脑动画设计制作专业

（试　行）

人力资源和社会保障部职业能力建设司
中国就业培训技术指导中心
组织制定

中国劳动社会保障出版社

图书在版编目(CIP)数据

电脑动画设计制作专业预备技师职业功能模块课程体系培养方案及课程大纲：试行/人力资源和社会保障部职业能力建设司，中国就业培训技术指导中心组织制定. —北京：中国劳动社会保障出版社，2009

预备技师职业功能模块课程体系培养方案及课程大纲

ISBN 978-7-5045-7731-3

Ⅰ. 电… Ⅱ. ①人…②中… Ⅲ. ①三维-动画-设计-技术培训-教学计划②三维-动画-设计-技术培训-教学大纲 Ⅳ. TP391.41-41

中国版本图书馆 CIP 数据核字(2009)第 161771 号

中国劳动社会保障出版社出版发行

(北京市惠新东街 1 号 邮政编码：100029)

出 版 人：张梦欣

*

北京市艺辉印刷有限公司印刷装订 新华书店经销

787 毫米×1092 毫米 16 开本 12 印张 285 千字

2009 年 9 月第 1 版 2009 年 9 月第 1 次印刷

定价：30.00 元

读者服务部电话：010-64929211

发行部电话：010-64927085

出版社网址：http://www.class.com.cn

中华人民共和国人力资源和社会保障部司发函

人社职司函〔2009〕33号

关于印发汽车维修等4个专业预备技师职业功能模块课程体系培养方案及大纲（试行）的通知

各省、自治区、直辖市人力资源社会保障（劳动保障）厅（局）：

为贯彻落实《关于推动高级技工学校技师学院加快培养高技能人才有关问题的通知》（劳社部发〔2006〕31号）和《关于做好预备技师考核试点工作的通知》（劳社厅发〔2007〕15号）精神，按照技工院校“一体化”教学改革工作总体安排，我部组织专家开发了《汽车维修专业预备技师职业功能模块课程体系培养方案及课程大纲（试行）》、《数控机床加工（数控车工）专业预备技师职业功能模块课程体系培养方案及课程大纲（试行）》、《电气维修专业预备技师职业功能模块课程体系培养方案及课程大纲（试行）》和《电脑动画设计制作专业预备技师职业功能模块课程体系培养方案及课程大纲（试行）》，现予印发试行，供我部高技能培训联合委员会（以下简称高联委）成员单位开展预备技师培养、考核试点工作使用，也可作为其他技工院校培养预备技师教学参考。

各省级人力资源社会保障（劳动保障）行政部门要加强预备技师培养、考核试点工作的组织领导，制定预备技师培养方案和考核管理办法。各省级人力资源社会保障（劳动保障）职业技能鉴定指导中心要认真做好各试点院校预备技师考核的组织实施、技术指导和质量督导工作。要严格按照我部要求，对在读和新招收各类技师专业学制学生，试行预备技师培养考核制度，并对考核合格者颁发预备技师证书，不得擅自颁发相应职业的技师职业资格证书。对申请开展知识技能型专业学制教育技师培养的技工院校，必须经省级人力资源社会保障（劳动保障）部门组织专家评审合格，并报我部审核批准后方可实行。

各有关技工院校要根据上述培养方案及课程大纲（试行）的要求，安排有关教学活动。对培养方案及课程大纲（试行）中的问题和建议，请及时向我司和我部高联委秘书处反馈。

人力资源和社会保障部职业能力建设司

2009年5月7日

说　　明

按照《关于做好预备技师考核试点工作的通知》（劳社厅［2007］15号）文件要求，人力资源和社会保障部高技能培训联合委员会组织成员单位设计开发了电脑动画设计制作专业预备技师职业功能模块课程体系培养方案及大纲（以下简称培养方案及大纲）。

一、培养方案及大纲依据《预备技师专业目录（暂行）》所对应的国家职业标准中技师职业等级要求，结合企业技师岗位综合技能，提出以工作过程为导向、模块化教学和过程化考核的项目课程体系。为技工院校预备技师培养提供了包括课程设置、教学计划、课程大纲、教学组织和评价方式等在内的一套教学文件。

二、开发培养方案及大纲统一执行《预备技师职业功能模块课程体系开发指导手册》的技术规程、文本体例和格式要求，并将在此基础上，开发撰写以工作任务为主线的配套教材。

三、培养方案及大纲构建的预备技师职业功能模块课程体系具有可扩展性，将经受实践的检验，并随着社会经济的发展和对教学、培养模式的深入探索不断完善。

四、《培养方案》在各有关行业企业专家和技工院校教育工作者的共同努力下开发完成。参加编写的人员主要有北京实用高级技工学校郭科研、张翼、张晓梅、耿明海、周进、卫星，北京工贸技师学院王焕波、刘霞、肖扬，唐山技师学院王海青，深圳高级技工学校崔亚民、喻琼艺；参加审定的主要人员有徐伟雄、李洪新、张强。

目　录

第一部分　培养方案

第二部分　课程大纲

附件

第一部分　培养方案

电脑动画设计制作专业预备技师职业功能模块课程体系培养方案

1. 专业名称及学制、入学条件

1.1 专业名称

电脑动画设计制作。

1.2 学制

全日制 2 年。

1.3 入学条件

身体健康，无色盲、色弱且已取得动画绘制员高级职业资格证书者。

2. 培养目标及培养规格

2.1 培养目标

本专业培养德智体全面发展、适应企业岗位需求、具有扎实的绘画造型能力，熟练掌握动画绘制技艺，精通电脑动画制作技术，能进行生产管理并具备一定企业工作经验，能对中、高级动画绘制员进行培训和指导，会独立撰写技术论文的电脑动画设计制作的高技能专门人才。

2.2 培养规格

2.2.1 职业知识要求

掌握党和国家的相关政策和法律、行业内相关的法规、职业道德相关知识，掌握角色造型、原画设计、场景绘制、设计稿等动画制作生产过程相关知识，具备对动画高级工、中级工培训与管理的相关理论知识，具备动画脚本创编、后期剪辑、后期特效、视听语言、无纸动画技术、音频音效技术的相关理论知识。

2.2.2 职业能力要求

具备角色造型、原画设计、场景绘制、设计稿的能力，具备制作动画短片的能力，具备培训与管理能力，具备技术论文撰写能力。

2.2.3 职业素质要求

热爱动画行业，兴趣涉猎广泛，有很强的表演和模仿能力，善于编故事、讲故事，具有良好的艺术鉴赏能力，关注行业动态信息，吃苦耐劳，富于幻想，具备创新精神。

3. 毕业及证书

学生完成全部职业功能模块的学习，经考核合格准予毕业，可获取本工种预备技师证书。预备技师证书有效期为 5 年。取得预备技师证书，并在企业相应职业岗位工作满 2 年（业绩突出的可适当缩短）的人员，可在本企业或凭所在企业出具的工作证明，到就业地的职业技能鉴定机构申报参加本职业技师综合评审和业绩评定。经评审考核合格者，按照有关规定核发技师职业资格证书。

4. 课程结构与教学项目

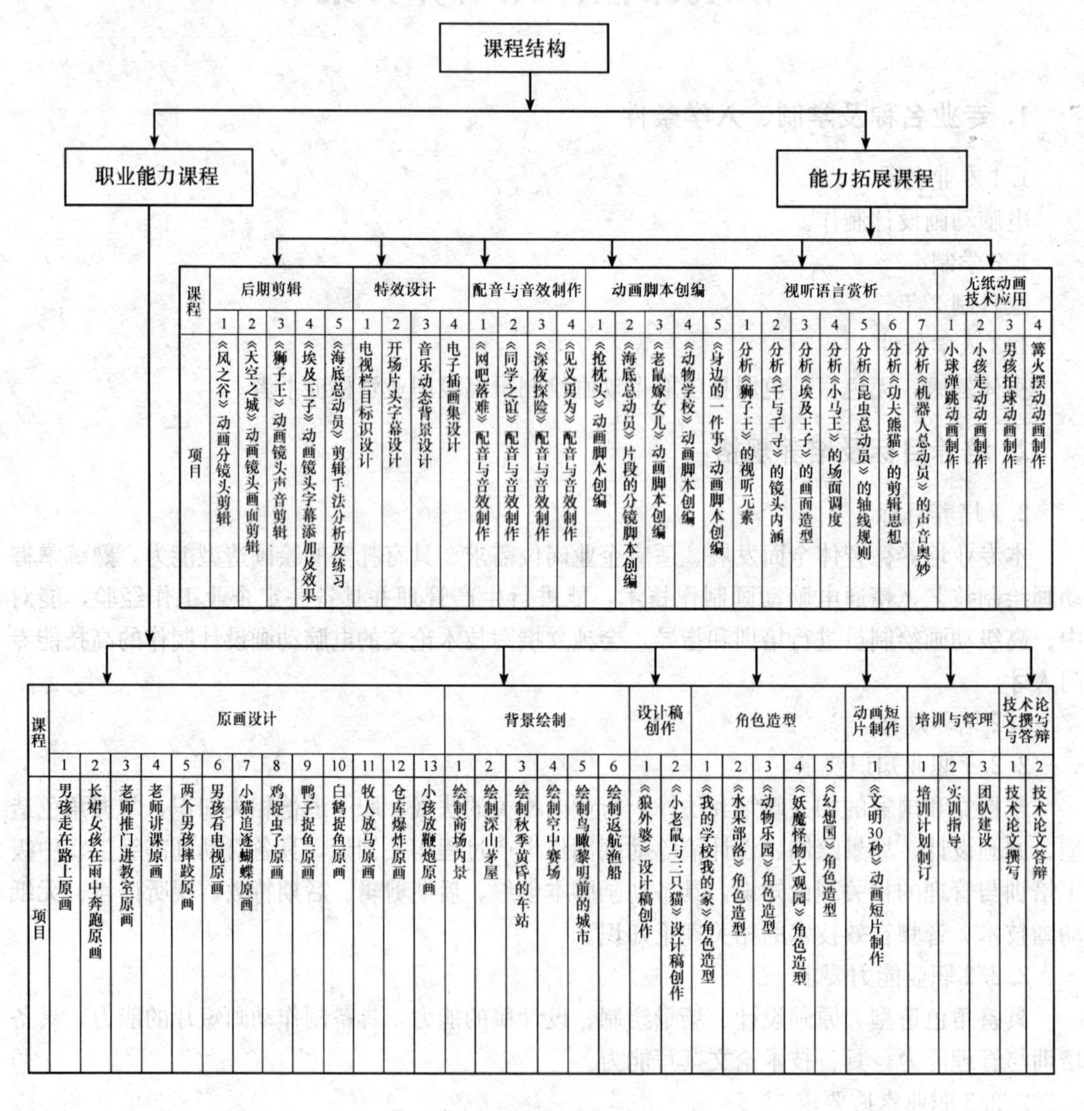

课程结构与教学项目图

5. 课程设置

5.1 职业能力课程

职业能力课程设置表

序号	课程名称	教学项目	能力目标	教学组织	课时	国家职业标准（相应的技能要求和相关知识）
1	原画设计	1.1 男孩走在路上原画	1.1.1 能设计人物走原画 1.1.2 能设计雀类飞原画 1.1.3 能设计风吹原画 1.1.4 能根据原画动作设计时间节奏	以典型形象为载体	28	1. 动画角色动作设计原则 2. 动画表演知识及特点
		1.2 长裙女孩在雨中奔跑原画	1.2.1 能设计人物跑原画 1.2.2 能设计下雨原画 1.2.3 能设计闪电原画 1.2.4 能根据原画动作设计时间节奏		36	
		1.3 老师推门进教室原画	1.3.1 能设计人物正面走原画 1.3.2 能设计人物背面走原画 1.3.3 能设计人物肢体动作原画 1.3.4 能根据原画动作设计时间节奏		31	
		1.4 老师讲课原画	1.4.1 能设计人转头原画 1.4.2 能设计人转身原画 1.4.3 能设计口型原画 1.4.4 能设计人肢体动作原画 1.4.5 能根据原画动作设计时间节奏		41	
		1.5 两个男孩摔跤原画	1.5.1 能设计口型原画 1.5.2 能设计（生气）表情原画 1.5.3 能设计人肢体动作原画 1.5.4 能根据原画动作设计时间节奏		39	
		1.6 男孩看电视原画	1.6.1 能设计（悲伤、欢笑、吃惊）表情原画 1.6.2 能设计人肢体动作原画 1.6.3 能根据原画动作设计时间节奏		42	
		1.7 小猫追逐蝴蝶原画	1.7.1 能设计爪类动物（走、跑、扑）原画 1.7.2 能设计昆虫飞原画 1.7.3 能根据原画动作设计时间节奏		20	
		1.8 鸡捉虫子原画	1.8.1 能设计家禽走原画 1.8.2 能设计昆虫（爬、跳）原画 1.8.3 能根据原画动作设计时间节奏		24	
		1.9 鸭子捉鱼原画	1.9.1 能设计家禽走原画 1.9.2 能设计家禽游水原画 1.9.3 能设计鱼游原画 1.9.4 能设计水纹原画 1.9.5 能根据原画动作设计时间节奏		25	

续表

序号	课程名称	教学项目	能力目标	教学组织	课时	国家职业标准（相应的技能要求和相关知识）
1	原画设计	1.10 白鹤捉鱼原画	1.10.1 能设计阔翼类飞禽飞行原画 1.10.2 能设计鱼游原画 1.10.3 能设计水花原画 1.10.4 能设计水流原画 1.10.5 能设计水纹原画 1.10.6 能根据原画动作设计时间节奏	通过表演课和观看相关图片、视频资料的形式来掌握人物、动物各种角度的表情、口型、肢体动作以及自然现象动作，根据设计稿要求和摄影表要求设计出其原画	37	3. 动画的时间节奏设计知识
		1.11 牧人放马原画	1.11.1 能设计人透视走原画 1.11.2 能设计人肢体动作原画 1.11.3 能设计人和动物之间动作原画 1.11.4 能设计蹄类动物走、跑动作原画 1.11.5 能根据原画动作设计时间节奏		62	
		1.12 仓库爆炸原画	1.12.1 能设计人肢体动作原画 1.12.2 能设计人透视走原画 1.12.3 能设计烟运动原画 1.12.4 能设计火烧原画 1.12.5 能设计爆炸原画 1.12.6 能根据原画动作设计时间节奏		67	
		1.13 小孩放鞭炮原画	1.13.1 能设计人肢体动作原画 1.13.2 能设计人透视走、跑原画 1.13.3 能设计人正、背面跑原画 1.13.4 能设计下雪原画 1.13.5 能设计烟运动原画 1.13.6 能设计爆炸原画 1.13.7 能根据原画动作设计时间节奏		52	
2	背景绘制	2.1 绘制商场内景	2.1.1 能根据透视规律、构图知识、色彩知识和手绘表现技法绘制背景 2.1.2 能够绘制商场内景结构，正确把握透视和色彩的表现程度 2.1.3 能够绘制商场内各个柜台的装饰外观 2.1.4 能够绘制商场内的各种道具，并准确表现不同道具的质感等	以典型背景为载体	48	1. 立体构成及色彩应用的相关知识 2. 典型透视的正确表现

续表

序号	课程名称	教学项目	能力目标	教学组织	课时	国家职业标准（相应的技能要求和相关知识）
2	背景绘制	2.2 绘制深山茅屋	2.2.1 能绘制大山的轮廓，注意山的层次感 2.2.2 能绘制太阳、多种树木的多种形态、多种形态的石头、多种形态的花草 2.2.3 能绘制茅草屋、磨盘 2.2.4 能绘制石桌、石凳等	通过写生课和观看相关图片、视频资料的形式来掌握复杂室内、复杂室外、复杂道具的绘制，根据设计稿要求和摄影表要求绘制出背景	24	3. 对动画设计稿的正确理解及背景绘制的实现方法 4. 计算机绘图软件的熟练运用
		2.3 绘制秋季黄昏的车站	2.3.1 能绘制秋季黄昏时分的城市街道 2.3.2 能绘制候车亭 2.3.3 能绘制汽车、公交车和自行车等道具		36	
		2.4 绘制空中赛场	2.4.1 能够绘制空中赛场全景概况，注意空间结构，正确把握透视和色彩的表现程度 2.4.2 能够绘制各种比赛道具，准确把握各种比赛道具的布置 2.4.3 能够绘制空中辅助道具（如热气球、飞船、飞机等）		54	
		2.5 绘制鸟瞰黎明前的城市	2.5.1 能绘制鸟瞰的城市 2.5.2 能绘制黎明前的天空		30	
		2.6 绘制返航渔船	2.6.1 能绘制海岸和沙滩 2.6.2 能绘制渔船 2.6.3 能绘制海上天空		24	
3	设计稿创作	3.1《狼外婆》设计稿创作	·能根据文字剧本和导演构思，绘制动作设计稿 ·能根据文字剧本和导演构思，绘制室内、室外等空间的背景设计稿 ·能根据文字剧本和导演构思，设计各种道具效果图 ·符合动画工业化生产的设计稿创作	以项目带动教学的方式，从设计稿创作表现入手，领会导演总体创作意图，把握整个动画片在艺术风格上的追求，最大程度地实现原创的本意，准确地把分镜头中的每一个动作和表演等要求具体落实	108	1. 相应的技能要求：能根据文字剧本和导演构思，绘制动作设计稿，绘制室内、室外等空间的背景设计稿，设计各种道具效果图 2. 相关知识：设计稿的特点及绘制方法
		3.2《小老鼠与三只猫》设计稿创作			108	

续表

序号	课程名称	教学项目	能力目标	教学组织	课时	国家职业标准（相应的技能要求和相关知识）
4	角色造型	4.1《我的学校我的家》角色造型	·能设计人物角色的正面、侧面、背面等多角度造型 ·能设计人物角色的表情、口型示范图 ·能设计人物角色的代表性动作造型 ·能用标准化方式准确界定角色的色彩 ·能对人物角色造型工业化生产及衍生产品进行规划	以项目带动教学，从角色造型表现依据入手，对动画角色造型及风格进行分析与探讨，理解动画角色造型表现的内容，通过动画特有的造型表现和影视技巧来展示角色的性格，传达动画艺术的意念与审美	56	1. 相应的技能要求：按照剧情及导演要求设计角色正面、侧面、背面等多角度造型；能设计角色口型、表情的示范图；能设计角色的动作示范图；能进行角色的色彩设计 2. 相关知识：角色造型的特点及绘制方法
		4.2《水果部落》角色造型			40	
		4.3《动物乐园》角色造型			50	
		4.4《妖魔怪物大观园》角色造型			40	
		4.5《幻想国》的角色造型			30	
5	动画短片制作	5.1《文明30秒》动画短片制作	5.1.1 独立创编动画脚本 5.1.2 根据脚本要求设计动画造型 5.1.3 能根据动画脚本和造型设计绘制出分镜头 5.1.4 能根据分镜头要求绘制出设计稿 5.1.5 能根据设计稿要求绘制出原动画 5.1.6 能根据设计稿要求绘制出背景 5.1.7 能将整个动画短片进行后期合成	以短片制作为载体。通过动画脚本创编、造型设计、分镜头台本绘制、设计稿绘制等环节完成动画短片的制作	150	
6	培训与管理	6.1 培训计划制订	6.1.1 能编写培训教案 6.1.2 能制作培训课件	以项目带动教学，组织学生到企业调研，根据企业和生产需要确定培训课题，能够独立编撰培训教案和 PPT 课件，及时、高效地完成培训任务	50	1. 教案编制方法

续表

序号	课程名称	教学项目	能力目标	教学组织	课时	国家职业标准（相应的技能要求和相关知识）
6	培训与管理	6.2 实训指导	6.2.1 能对中间画质量进行评估 6.2.2 能对制作流程进行检查与监督	以项目带动教学，组织学生到企业调研，根据企业和生产需要制定合理的生产时间表、分配制作任务，并有效实施监督、指导和管理	45	2. 工作过程教学法知识 3. 教学课件的编制方法 4. 动画制作质量监督控制管理知识 5. 技术档案管理知识
		6.3 团队建设	6.3.1 能组织策划团队训练与拓展活动 6.3.2 能进行班组长关系的沟通与协调	参加拓展活动；结合生产实践开展班组活动，增强学生的沟通与协调能力	13	
7	技术论文撰写与答辩	7.1 技术论文撰写	7.1.1 能运用多种手段搜集、查阅与整理相关资料 7.1.2 能根据在生产实践中完成的教学项目进行论文选题 7.1.3 能根据确定的选题，合理制订论文撰写计划 7.1.4 能写出对生产有指导和有参考价值的技术论文，应符合 GB 7713—1987 的有关要求 7.1.5 能制作规范、精美的文本		180	
		7.2 技术论文答辩	7.2.1 掌握论文答辩的技巧 7.2.2 能根据技术论文编写答辩提纲 7.2.3 能按论文的逻辑结构作简明扼要的演讲，并正确回答答辩委员提出的问题		30	

5.2 能力拓展课程

能力拓展课程设置表

序号	课程名称	教学项目	能力目标	课时	教学组织
1	后期剪辑	1.1《风之谷》动画分镜头剪辑	1.1.1 能检查已有分镜头画面及声音素材 1.1.2 能启动软件，设置好项目，将素材导入剪辑软件中，并进行整理	16	以项目带动教学，以典型镜头剪辑为载体。通过镜头分析和观看典型影片的形式，运用蒙太奇方法完成各种镜头剪辑
		1.2《天空之城》动画镜头画面剪辑	1.2.1 能分析动画镜头画面剪辑与实拍镜头画面剪辑的区别 1.2.2 能剪辑动画场景画面 1.2.3 能剪辑动画人物画面 1.2.4 能剪辑动画运动镜头	12	
		1.3《狮子王》动画镜头声音剪辑	1.3.1 能分析动画镜头中的对白声音 1.3.2 能分析动画镜头中的背景音乐 1.3.3 能分析动画镜头中的音响效果	8	
		1.4《埃及王子》动画镜头字幕添加及效果	1.4.1 能分析各种典型动画镜头 1.4.2 能根据动画镜头分析需要添加的字幕 1.4.3 能制作不同的字幕效果	8	
		1.5《海底总动员》剪辑手法分析及练习	1.5.1 能分析《海底总动员》中几种典型动画镜头的剪辑手法 1.5.2 能通过镜头的不同组接顺序表达不同的情节内容 1.5.3 能够把握蒙太奇的基本运用	28	
2	特效设计	2.1 电视栏目标志设计	2.1.1 能使用 Adobe Bridge 预览和导入素材项 2.1.2 能应用投影和浮雕特效 2.1.3 能应用文字动画预设 2.1.4 能应用溶解变换特效 2.1.5 能调整图层的透明度 2.1.6 能渲染播出动画	11	以项目带动教学，以典型项目制作为载体。使学生能使用软件完成特效制作，影片渲染输出等工作
		2.2 开场片头字幕设计	2.2.1 能创建文字图层，并对文字进行动画处理 2.2.2 能用预设创建文字动画 2.2.3 能使用关键帧创建文字动画 2.2.4 能应用父子关系对图层进行动画处理 2.2.5 用文字动画组对图层中选中的文本做动画处理 2.2.6 对图形对象应用文字动画	27	

续表

序号	课程名称	教学项目	能力目标	课时	教学组织
2	特效设计	2.3 音乐动态背景设计	2.3.1 创建自定义形状 2.3.2 使用路径操作变换形状 2.3.3 形状的动画处理 2.3.4 熟悉 Brainstorm 特效设计功能	32	
		2.4 电子插画集设计	2.4.1 能进行图层的高级设置 2.4.2 运动动画高级技法完成特效制作 2.4.3 应用 Radio Waves（无线电波）特效 2.4.4 向项目添加音效 2.4.5 使用时间重映功能添加循环播放音轨 2.4.6 创建渲染设置的模板 2.4.7 创建输出模块的模板	38	
3	配音与音效制作	3.1《网吧落难》配音与音效制作	3.1.1 根据剧情类背景音乐的特点，能制作不同风格的背景音乐 3.1.2 采用动画效果音的表现手法，能制作各种类型的效果音 3.1.3 运用营造气氛的音乐表现手法，能制作不同气氛下的音效 3.1.4 根据画面场景，录制相应人声并处理和添加效果	18	以典型项目为载体。通过对各种声音的采集、制作实现声音与画面完美的结合
		3.2《同学之谊》配音与音效制作	3.2.1 制作紧张的、恐怖的背景音乐 3.2.2 制作中低音效果来烘托恐怖气氛 3.2.3 对人声进行处理使其达到回响效果	18	
		3.3《深夜探险》配音与音效制作	3.3.1 设计悲哀的背景音乐 3.3.2 设计中低音场景音效果衬托悲哀 3.3.3 能给人声添加回响效果	18	
		3.4《见义勇为》配音与音效制作	3.4.1 制作衬托激烈、杂乱气氛的背景音乐 3.4.2 采集并处理火车车厢内的所有音效 3.4.3 制作变声效果 3.4.4 对人声、音效、背景音乐进行混合制作	18	

续表

序号	课程名称	教学项目	能力目标	课时	教学组织
4	动画脚本创编	4.1《抢枕头》动画脚本创编	4.1.1 能区分动画脚本和文学剧本 4.1.2 能根据动画脚本的格式进行动画脚本创编 4.1.3 能根据动画脚本特性进行动画脚本创编 4.1.4 能按照动画脚本格式和特性将《抢枕头》转换为动画脚本	3	以典型项目为载体，通过文字脚本、动画脚本、分镜头脚本的编写训练，最终提升动画短片的动画脚本创编能力
		4.2《海底总动员》片段的分镜脚本创编	4.2.1 能制定分镜头脚本格式 4.2.2 能分析影片的画面感和镜头感 4.2.3 能根据规定格式将《海底总动员》片段转换为文字分镜脚本	3	
		4.3《老鼠嫁女儿》动画脚本创编	4.3.1 能分析民间故事的特点 4.3.2 能 确定民间故事的情节类型 4.3.3 掌握动画脚本情节的阶段构成 4.3.4 能设定情节中的冲突关系 4.3.5 运用常见改编表现手法，能将民间故事进行动画脚本创编	8	
		4.4《动物学校》动画脚本创编	4.4.1 能塑造鲜明的人物性格 4.4.2 能够拓展脚本的故事点 4.4.3《动物学校》动画脚本创编	10	
		4.5《身边的一件事》动画短片脚本创编	4.5.1 能确定动画短片的类型 4.5.2 能确定动画脚本的主题 4.5.3 能确定故事结构的起承转合 4.5.4《身边的一件事》动画脚本创编	12	
5	视听语言赏析	5.1 分析《狮子王》的视听元素	5.1.1 能分析《狮子王》影片所传达的故事情节和主题思想 5.1.2 能根据视听语言特点分析影片 5.1.3 能根据动画影片结构分析《狮子王》影片 5.1.4 能根据视听语言层级结构分析影片	4	以典型动画影片为载体，通过分析相关动画影片的视频片段、图片及相关资料，采用互动式交流讨论的形式来分析掌握动画影片视听语言各项知识要点与应用要领
		5.2 分析《千与千寻》的镜头内涵	5.2.1 能确定影片中不同的景别关系 5.2.2 能根据镜头角度的类别分析影片 5.2.3 能根据镜头运动规律分析影片 5.2.4 能根据镜头焦距与焦点分析影片	12	

续表

序号	课程名称	教学项目	能力目标	课时	教学组织
5	视听语言赏析	5.3 分析《埃及王子》的画面造型	5.3.1 能利用构图元素分析影片 5.3.2 能根据动态与静态构图的应用要领分析影片 5.3.3 能根据动态与静态构图的技术要领分析影片 5.3.4 能根据光线种类分析影片 5.3.5 能根据光线方向分析影片 5.3.6 能根据色彩功能分析影片	16	
		5.4 分析《小马王》的场面调度	5.4.1 能根据单镜头式场面调度方式分析影片 5.4.2 能根据分切式场面调度方式分析影片 5.4.3 能根据重复式场面调度方式分析影片	12	
		5.5 分析《昆虫总动员》的轴线规则	5.5.1 能根据轴线规则分析影片 5.5.2 能根据关系轴线方式分析影片 5.5.3 能根据运动轴线方式分析影片 5.5.4 能根据越轴的应用要领分析影片	8	
		5.6 分析《功夫熊猫》的剪辑思想	5.6.1 能根据蒙太奇表现手法分析影片 5.6.2 能根据镜头组接方式分析影片 5.6.3 能根据转场表现手法分析影片 5.6.4 能根据声画合成技术分析影片	12	
		5.7 分析《机器人总动员》的声音奥妙	5.7.1 能根据听觉语言分析影片 5.7.2 能根据音乐特点分析影片 5.7.3 能根据音效特点分析影片	8	
6	无纸动画技术应用	6.1 小球弹跳动画制作	6.1.1 能对无纸动画软件进行基本设置 6.1.2 能使用数字律表和时间线制作动画 6.1.3 能设计制作小球弹跳动画	6	以典型项目为载体，通过实训使学生解决在纸动画制作过程中所遇到的技术难题，并提高技能
		6.2 小孩走动动画制作	6.2.1 能使用定位钉的运动调节方法制作动画 6.2.2 能运用角色切分法制作动画 6.2.3 能设计制作小孩走动动画	10	
		6.3 男孩拍球动画制作	6.3.1 能使用定位钉的复合运动调节方法制作动画 6.3.2 能运用角色切分法制作动画 6.3.3 能够设计制作男孩拍球动画	10	

续表

序号	课程名称	教学项目	能力目标	课时	教学组织
6	无纸动画技术应用	6.4 篝火摆动动画制作	6.4.1 能使用节点网络和素材库管理动画资料 6.4.2 能使用特效节点方法制作动画 6.4.3 能够设计制作篝火摆动动画	10	

6. 教学进度表

教学进度表

课程类型	序号	课程名称	第一学年		第二学年		总学时	学时分配
			第一学期	第二学期	第一学期	第二学期		
职业能力课程	1	原画设计	252	252			504	80%
	2	背景绘制	108	108			216	
	3	设计稿创作			216		216	
	4	角色造型	108	108			216	
	5	动画短片制作				150	150	
	6	培训与管理			108		108	
	7	技术论文撰写与答辩				210	210	
能力拓展课程	1	后期剪辑			72		72	20%
	2	特效设计				108	108	
	3	配音与音效			72		72	
	4	动画脚本创编			36		36	
	5	视听语言赏析	36	36			72	
	6	无纸动画技术应用				36	36	
学时总计			504	504	504	504	2 016	

7. 考核评价

职业功能模块课程体系实行过程考核，课程成绩按其所含教学项目权重计算得出，具体考核办法见课程大纲。

8. 教学资源

8.1 师资队伍

由学校专业骨干教师及企业专家组成。需具备本专业工程师、讲师以上职称或技师、高级技师职业资格。

8.2 教学设备

主要实习场所及教学设备配置表

专业名称：电脑动画设计制作专业

序号	实习场所名称	设备序号	设备名称	数量	工位数	设备功能	备注
1	无纸动画制作室	1	学生电脑	20套	20	学习、实训	
		2	数位屏	21套	21	显示、绘图	
		3	教师电脑	1套	1	讲课、示范	
		4	投影设备	1套	1	演示教学	
		5	音箱	1套	1	收听	
		6	摄像机	1套	1	教学回放	
		7	平面及动画软件	20套	20	处理制作	
2	创作室	1	原画台	2个	2	绘制原画稿、背景稿、造型设计、设计稿、分镜头台本	
		2	电脑	7套	7	动画制作	
		3	数位屏	7套	7	显示、绘图	
3	数字后期教室	1	学生电脑	20套	20	学习、实训	
		2	教师电脑	1套	1	讲课、示范	
		3	投影设备	1套	1	演示教学	
		4	耳机	20个	20	听声音效果	
		5	音箱	1套	1	听声音效果	
		6	平面及后期软件	20套	20	处理制作	
4	后期机房	1	PC工作站	5套	5	后期制作	
		2	苹果工作站	1套	1	后期制作	
		3	监视器	2台	2	查看视频最终效果	
		4	耳机	6个	6	听声音效果	
		5	光纤盘阵	3个	3	存储	
5	录音棚	1	音频工作站	2套	2	音频制作	
		2	调音台	1套	1	声音调整	
		3	耳机	4套	4	监听	
		4	GM波音表音源插件	1套	1	声音制作	
		5	监听音箱	1套	1	监听	
		6	录音电容麦	2套	1	录音	
		7	MIDI键盘	1套	1	制作音效	
		8	音序器	1套	1	声音制作	
		9	音效素材库	1套	1	音效制作	

续表

序号	实习场所名称	设备序号	设备名称	数量	工位数	设备功能	备注
6	音频制作教室	1	学生电脑	20套	20	学习、实训	
		2	教师电脑	1套	1	讲课、示范	
		3	音频卡	21套	21	音频采集及制作	
		4	投影设备	1套	1	演示教学	
		5	耳机	20套	20	监听	
		6	监听音箱	1套	1	监听	
7	后期制作室	1	复印机	1台	1	复印资料	
		2	打印机	1台	1	打印资料	
		3	扫描仪	1台	1	扫描资料	
		4	电脑	20套	20	制作	
		5	绘图板	20套	20	绘图	
		6	制作软件	20套	20	动画、后期制作	
8	多媒体教室	1	学生电脑	20套	20	学习、实训	
		2	教师电脑	1套	1	讲课、示范	
		3	投影设备	1套	1	演示教学	
		4	音箱	1套	1	收听	
		5	移动硬盘	1块	1	存储	
		6	教学软件	21套	21	处理制作	
设备总数:		346					

注：1. 此表按20人配置。

2. 实习场所生均使用面积不低于6平方米。

3. 电气安装按照GB 16895有关规定执行。

4. 照明按照GB 50034有关规定执行。

5. 通风按照GBJ 16有关规定执行。

6. 安防设施按照GBJ 16及GBJ 67有关规定执行。

7. 卫生按照GBZ 1有关规定执行。

8.3 校企合作

要求学校与多家专业动画公司合作，聘请公司专业制作人员来辅导一部分专业教学，毕业前，由公司专业制作人员带着公司实际项目来带领学生进行实际操作，加强学生的实践能力，使学生能更好地从在校理论学习过渡到企业工作当中去。学生实习时，企业接收一部分学生进入岗位工作，用企业的工作标准来检验教学的实际效果，较好实现教学与产品生产相结合。

8.4 教材

主要课程采用预备技师职业功能模块教材。

9. 教学建议

9.1 以工学交替、校企合作的教学形式完成培养预备技师的教学任务。

9.2 以职业活动为导向，以项目教学、团队学习、培养学生职业能力的原则组织实施教学。

9.3 建议采取双导师制，即安排学校教师和企业技术专家共同作为导师，保证学生在学校或在企业都能得到悉心、及时的指导。

9.4 将教学项目或任务交给学生，让学生在完成教学项目或任务的过程中学习理论知识。注重培养学生分析问题和解决问题的能力，注重培养学生职业道德和职业素质，注重传授本专业新技术、新工艺、知识。

9.5 应注重培养学生主动学习及完成教学项目的能力。教师布置项目学习任务，学生在教师引导下完成“确定任务、收集资料、制定方案、项目制作、质量检验、总结经验”等各个环节的任务。

9.6 应加强撰写案例分析报告、技术论文等形式的教学，培养学生撰写技术总结等专业写作能力。

9.7 组织学生主持专题讲座，锻炼学生培训指导及组织能力。

9.8 教学进程表中的课程进程安排仅作为参考，具体课程安排可根据学校教学条件进行调整。各门课程的教学项目实施先后顺序也可根据实际情况做适当调整。

9.9 宜进行小班化教学，学生人数不超过 20 人。

9.10 使用本培养方案及课程大纲，可根据所在地区和行业实际情况，在不低于本培养方案及课程大纲相关知识和技能要求的前提下做适当调整，调整量不得高于总课时的 20%。

第二部分　课程大纲

原画设计课程大纲

1. 课程性质和任务

1.1 课程性质

本课程是电脑动画设计制作专业预备技师的一门职业能力课程。

1.2 课程任务

通过本课程的训练，使学生能按照原画设计稿要求，完成动画镜头中所有角色的动作和自然现象的原画设计，画出一张张不同动作的关键动态画面。

2. 课程内容及要求

2.1 课程内容

2.1.1 人物动作设计

2.1.2 动物动作设计

2.1.3 面部表情与口型动作设计

2.1.4 人物动物综合动作设计

2.1.5 自然现象原画设计

2.2 课程要求

进行课程教学时采用以项目带动教学的方式，通过每个综合项目的制作，完成人物动作设计、动物动作设计、面部表情与口型动作设计、人物动物综合动作设计、自然现象原画设计等能力的培养。在实施教学过程中要注意项目制作内容的整体性，避免使教学成为单个训练任务的机械组合。完成单项任务的绘制要注意结合具体样例让学生对项目有整体的感知与把握，并鼓励学生亲身体会动作的特点及要求，养成敢于表演，大胆表演的习惯。同时也要培养学生多观察生活中各种事物的表现形态，为原画设计积累生活经验。

3. 项目课时分配及考核权重

项目课时分配及考核权重表

课程名称：原画设计

序号	项目名称	课时（周）	考核权重	备注
1	男孩走在路上原画	28	6%	
2	长裙女孩在雨中奔跑原画	36	7%	

续表

序号	项目名称	课时（周）	考核权重	备注
3	老师推门进教室原画	31	6%	
4	老师讲课原画	41	8%	
5	两个男孩摔跤原画	39	8%	
6	男孩看电视原画	42	8%	
7	小猫追逐蝴蝶原画	20	4%	
8	鸡捉虫子原画	24	5%	
9	鸭子捉鱼原画	25	5%	
10	白鹤捉鱼原画	37	8%	
11	牧人放马原画	62	12%	
12	仓库爆炸原画	67	13%	
13	过年小孩放鞭炮原画	52	10%	
合　计		504	100%	

4. 教学建议

4.1 本课程教学内容必须采用项目法展开教学，每项目小组成员 5～7 名，教师需具备本专业工程师、讲师以上职称或技师、高级技师职业资格。

4.2 由于原画设计学习需要大量时间绘制练习，所以除在课上规定课时外，还需利用晚自习和业余时间来完成实训内容。

4.3 由于原画设计学习需要学生要理解动作，要学会表演，多观察生活、体会生活细节，因此，要安排一定的表演知识来辅助教学。

5. 课程考核

职业功能模块过程考核评价表

课程名称：　原画设计

班级：　　　　　　姓名：　　　　　　学号：　　　　　　指导教师：

序号	项目名称	考核权重	得分
1	男孩走在路上原画	6%	
2	长裙女孩在雨中奔跑原画	7%	
3	老师推门进教室原画	6%	
4	老师讲课原画	8%	
5	两个男孩摔跤原画	8%	
6	男孩看电视原画	8%	
7	小猫追逐蝴蝶原画	4%	
8	鸡捉虫子原画	5%	

续表

序号	项目名称	考核权重	得分
9	鸭子捉鱼原画	5%	
10	白鹤捉鱼原画	8%	
11	牧人放马原画	12%	
12	仓库爆炸原画	13%	
13	小孩放鞭炮原画	10%	
合计		100%	

教学项目一　男孩走在路上原画

1. 项目内容

1.1 男孩侧面走到原地走的原画

1.2 麻雀飞行原画

1.3 风吹树叶飘落原画

2. 项目要求

2.1 能设计人物走原画

2.2 能设计雀类飞行原画

2.3 能设计风吹原画

2.4 能根据原画动作设计时间节奏

2.5 训练结束，要求每个学生提供：

2.5.1 按照设计稿和规定造型的要求绘制出男孩侧面走到原地走的原画一套

2.5.2 按照设计稿要求绘制出麻雀飞行的原画一套

2.5.3 按照设计稿要求绘制出风吹树叶飘落的原画一套

2.5.4 根据原画设置关键帧

3. 教学资源

3.1 师资队伍

由专业骨干教师及企业专家组成，教师需具备本专业工程师、讲师以上职称或技师、高级技师国家职业资格。

3.2 基础设施

3.2.1 教室内设一面高 2 米、宽 1.5 米或 1.5 米以上的大镜子，看全身动作用。

3.2.2 每个学生桌上安放一面 30 厘米×15 厘米以上的小镜子，看面部表情和口型用。

3.3 实习场所及教学设备

实习场所及教学设备

项目名称：男孩走在路上原画

序号	实习场所名称	设备序号	设备名称	数量	工位数	设备功能	备注
1	无纸动画制作室	1	学生电脑	20套	20	学习、实训	
		2	数位屏	21套	21	显示、绘图	
		3	教师电脑	1套	1	讲课、示范	
		4	投影设备	1套	1	演示教学	
		5	音箱	1套	1	收听	
		6	摄像机	1套	1	教学回放	
		7	无纸动画软件	21套	21	处理制作	
设备总数：			66				

注：此表按20人配置。

4. 任务分解及课时分配

任务分解及课时分配表

教学项目	任务	任务阶段	任务分解	课时
男孩走在路上原画	男孩侧面走到原地走动作设计	动作分析	1. 观看现实生活中人侧面走和原地走动作的图片、视频，分析动作特点 2. 观看动画片中有关人侧面走和原地走动作的图片、视频，进一步分析动作特点，并体会此任务中的动作设计 3. 结合项目要求进一步分析项目中小男孩走路动作特点	1
		表演	表演人走的动作，并体会项目中所要设计的动作 注意：结合男孩的情绪设计动作，以及人和麻雀的互动关系	1
		设计时间节奏	1. 通过时间节奏的设计来表现动作的力度、速度、幅度等变化 2. 根据要求设置关键帧	2
		设计绘制原画	根据设计稿要求、动画造型、关键帧设置，设计绘制项目中男孩侧面走到原地走原画	10
	麻雀飞原画设计	动作分析	1. 观看现实生活中麻雀飞的图片、视频，分析动作特点 2. 观看动画片中有关麻雀飞的图片、视频，进一步分析并体会动作特点 3. 结合项目要求进一步分析项目中麻雀飞的动作特点，充分考虑麻雀围绕人飞，以及麻雀飞时和人的互动关系	1
		设计时间节奏	1. 通过时间节奏的设计来表现动作的力度、速度、幅度等变化 2. 根据要求设置关键帧	1
		设计绘制原画	根据设计稿要求、动画造型、关键帧设置，设计绘制项目中麻雀飞的原画	6

续表

教学项目	任务	任务阶段	任务分解	课时
男孩走在路上原画	风吹树叶飘落原画设计	动作分析	1. 观看现实生活中风吹树叶飘落的图片、视频，分析动作特点 2. 观看动画片中有关风吹树叶飘落的图片、视频，进一步分析并体会动作特点 3. 结合项目要求进一步分析项目风吹树叶飘落动作特点	1
		设计时间节奏	1. 通过时间节奏的设计来表现动作的力度、速度、幅度等变化 2. 根据要求设置关键帧	1
		设计绘制原画	根据设计稿要求和关键帧设置，设计绘制项目中风吹树叶飘落原画	4

5. 项目考核

职业功能模块教学项目过程考核评价表

项目名称：男孩走在路上原画

班级：　　　　姓名：　　　　学号：　　　　指导老师：

评价项目	评价标准	评价依据（信息、佐证）	评价方式			权重	得分小计
			小组评价	学校评价	企业评价		
			0.1	0.9			
职业素质	1. 遵守企业管理规定、劳动纪律 2. 按时完成学习及工作任务 3. 工作积极主动、勤学好问	考勤表、教学日志				0.2	
专业能力	1. 动作大胆、自然，表演到位，符合规定内容要求	录像回放				0.1	
	2. 时间节奏设计合理，符合动作要求	原画绘制稿				0.2	
	3. 原画造型结构绘制准确，构图合理，动作设计到位，夸张合理	原画绘制稿				0.4	
创新能力	动作设计生动有趣	原画绘制稿				0.1	
指导教师综合评价	指导老师签名：　　　　日期：						

注：1. 此表一式两份，一份由院校存档，一份入预备技师学籍档案。
2. 考核成绩均为百分制。

教学项目二　长裙女孩在雨中奔跑原画

1. 项目内容

1.1 设计女孩侧面跑到原地跑的原画

1.2 设计女孩长裙随风飘动的原画

1.3 设计下雨原画

1.4 设计闪电原画

2. 项目要求

2.1 能设计人物跑原画

2.2 能设计下雨原画

2.3 能设计闪电原画

2.4 能根据原画动作设计时间节奏

2.5 训练结束，要求每个学生提供：

2.5.1 按照设计稿要求和规定造型绘制出女孩侧面跑到原地跑的原画一套

2.5.2 按照设计稿要求绘制出长裙随风飘动原画一套

2.5.3 按照设计稿要求绘制出下雨原画一套

2.5.4 按照设计稿要求绘制出闪电原画一套

2.5.5 根据原画设置关键帧

3. 教学资源

3.1 师资队伍

由专业骨干教师及企业专家组成，教师需具备本专业工程师、讲师以上职称或技师、高级技师国家职业资格。

3.2 基础设施

3.2.1 教室内设一面高 2 米、宽 1.5 米或 1.5 米以上的大镜子，看全身动作用。

3.2.2 每个学生桌上安放在面 30 厘米×15 厘米以上的小镜子，看面部表情和口型用。

3.3 实习场所及教学设备

教学设施清单

项目名称： 长裙女孩在雨中奔跑原画

序号	实习场所名称	设备序号	设备名称	数量	工位数	设备功能	备注
1	无纸动画制作室	1	学生电脑	20 套	20	学习、实训	
		2	数位屏	21 套	21	显示、绘图	
		3	教师电脑	1 套	1	讲课、示范	
		4	投影设备	1 套	1	演示教学	
		5	音箱	1 套	1	收听	
		6	摄像机	1 套	1	教学回放	
		7	无纸动画软件	21 套	21	处理制作	
设备总数：				66			

注：此表按 20 人配置。

4. 任务分解及课时分配

任务分解及课时分配表

教学项目	任务	任务阶段	任务分解	课时
长裙女孩在雨中奔跑原画	女孩侧面跑到原地跑动作设计	动作分析	1. 观看现实生活中人侧跑和原地跑动作的图片、视频，分析动作特点 2. 观看动画片中有关人侧面跑和原地跑动作的图片、视频，进一步分析动作特点，并体会此任务中的动作设计 3. 结合项目要求进一步分析项目中女孩跑动作特点以及长裙的动作	1
		表演	表演人跑的动作，并体会项目中所要设计的动作 注意：女孩的情绪，是焦急还是悲伤，将情绪融入动作之中	1
		设计时间节奏	1. 通过时间节奏的设计来表现动作的力度、速度、幅度等变化 2. 根据要求设置关键帧	2
		设计绘制原画	根据设计稿要求、动画造型、关键帧设置，设计绘制项目中女孩侧面跑到原地跑原画	10
	设计女孩长裙随风飘动的原画	动作分析	1. 观看现实生活中长裙等衣物随风飘动的图片、视频，分析动作特点 2. 观看动画片中有关长裙等衣物随风飘动的图片、视频，进一步分析并体会动作特点 3. 结合项目要求进一步分析项目中女孩在奔跑中长裙随风飘动的动作特点	1
		设计时间节奏	1. 通过时间节奏的设计来表现动作的力度、速度、幅度等变化 2. 根据要求设置关键帧	2
		设计绘制原画	根据设计稿要求、动画造型、关键帧设置，设计绘制项目中女孩长裙随风飘动的原画	6
	下雨原画设计	动作分析	1. 观看现实生活中下雨的图片、视频，分析动作特点 2. 观看动画片中有关下雨的图片、视频，进一步分析并体会动作特点 3. 结合项目要求进一步分析项目中下雨特点	1
		设计时间节奏	1. 通过时间节奏的设计来表现动作的力度、速度、幅度等变化 2. 根据要求设置关键帧	1
		设计绘制原画	根据设计稿要求和关键帧设置，设计绘制项目中下雨原画	4
	闪电原画设计	动作分析	1. 观看现实生活中闪电的图片、视频，分析动作特点 2. 观看动画片中有关闪电的图片、视频，进一步分析并体会动作特点 3. 结合项目要求进一步分析项目中闪电的特点	1
		设计时间节奏	1. 通过时间节奏的设计来表现动作的力度、速度、幅度等变化 2. 根据要求设置关键帧	1
		设计绘制原画	根据设计稿要求和关键帧设置，设计绘制项目中闪电原画	5

5. 项目考核

职业功能模块教学项目过程考核评价表

项目名称：长裙女孩在雨中奔跑原画

班级： 姓名： 学号： 指导老师：

评价项目	评价标准	评价依据（信息、佐证）	评价方式			权重	得分小计
			小组评价	学校评价	企业评价		
			0.1	0.9			
职业素质	1. 遵守企业管理规定、劳动纪律 2. 按时完成学习及工作任务 3. 工作积极主动、勤学好问	考勤表、教学日志				0.2	
专业能力	1. 动作大胆、自然，表演到位，符合规定内容要求	录像回放				0.1	
	2. 时间节奏设计合理，符合动作要求	原画绘制稿				0.2	
	3. 原画造型结构绘制准确，构图合理，动作设计到位，夸张合理	原画绘制稿				0.4	
创新能力	动作设计生动有趣	原画绘制稿				0.1	
指导教师综合评价	指导老师签名：		日期：				

注：1. 此表一式两份，一份由院校存档，一份入预备技师学籍档案。
2. 考核成绩均为百分制。

教学项目三　老师推门进教室原画

1. 项目内容

1.1 设计老师正面走的原画
1.2 设计老师背面走的原画
1.3 设计老师推门动作原画

2. 项目要求

2.1 能设计人物正面走原画
2.2 能设计人物背面走原画
2.3 能设计人物肢体动作原画
2.4 能根据原画动作设计时间节奏
2.5 训练结束，要求每个学生提供：
2.5.1 按照设计稿要求和规定造型绘制出老师正面走的原画一套
2.5.2 按照设计稿要求和规定造型绘制出老师背面走的原画一套

2.5.3 按照设计稿要求绘制出老师推门动作原画一套

2.5.4 根据原画设置关键帧

3. 教学资源

3.1 师资队伍

由专业骨干教师及企业专家组成，教师需具备本专业工程师、讲师以上职称或技师、高级技师国家职业资格。

3.2 基础设施

3.2.1 教室内设一面高 2 米、宽 1.5 米或 1.5 米以上的大镜子，看全身动作用。

3.2.2 每个学生桌上安放一面 30 厘米×15 厘米以上的小镜子，看面部表情和口型用。

3.3 实习场所及教学设备

教学设施清单

项目名称：老师推门进教室原画

序号	实习场所名称	设备序号	设备名称	数量	工位数	设备功能	备注
1	无纸动画制作室	1	学生电脑	20 套	20	学习、实训	
		2	数位屏	21 套	21	显示、绘图	
		3	教师电脑	1 套	1	讲课、示范	
		4	投影设备	1 套	1	演示教学	
		5	音箱	1 套	1	收听	
		6	摄像机	1 套	1	教学回放	
		7	无纸动画软件	21 套	21	处理制作	
设备总数：				66			

注：此表按 20 人配置。

4. 任务分解及课时分配

任务分解及课时分配表

教学项目	任务	任务阶段	任务分解	课时
老师推门进教室原画	设计老师正面走的原画	动作分析	1. 观看现实生活中人正面走的图片、视频，分析动作特点 2. 观看动画片中有关人正面走的图片、视频，进一步分析动作特点，并体会此任务中的动作设计 3. 结合项目要求进一步分析项目中老师正面走的动作特点	1
		表演	表演人正面走的动作，并体会项目中所要设计的动作 注意：老师的着装和手中拿的书本等物，伴随走路、四肢的运动状态	1
		设计时间节奏	1. 通过时间节奏的设计来表现动作的力度、速度、幅度等变化 2. 根据要求设置关键帧	1
		设计绘制原画	根据设计稿要求、动画造型、关键帧设置，设计绘制老师正面走原画	8

续表

教学项目	任务	任务阶段	任务分解	课时
老师推门进教室原画	设计老师背面走的原画	动作分析	1. 观看现实生活中人背面走的图片、视频，分析动作特点 2. 观看动画片中有关人背面走的图片、视频，进一步分析动作特点，并体会此任务中的动作设计 3. 结合项目要求进一步分析项目中老师背面走的动作特点	1
		表演	表演人背面走的动作，并体会项目中所要设计的动作 注意：老师的着装和手中拿的书本等物，伴随走路，四肢的运动状态	1
		设计时间节奏	1. 通过时间节奏的设计来表现动作的力度、速度、幅度等变化 2. 根据要求设置关键帧	1
		设计绘制原画	根据设计稿要求、动画造型、关键帧设置，设计绘制老师背面走原画	8
	设计老师推门动作原画	动作分析	1. 观看现实生活中人推门的图片、视频，分析动作特点 2. 观看动画片中有关推门的图片、视频，进一步分析并体会动作特点 3. 结合项目要求进一步分析项目中推门动作特点	1
		表演	表演推门的动作，并体会项目中所要设计的动作 注意：推门时，老师上身的衣服和两臂动作结构	1
		设计时间节奏	1. 通过时间节奏的设计来表现动作的力度、速度、幅度等变化 2. 根据要求设置关键帧	1
		设计绘制原画	根据设计稿要求、动画造型、关键帧设置，设计绘制项目中老师推门动作原画	6

5. 项目考核

职业功能模块教学项目过程考核评价表

项目名称：<u>老师推门进教室原画</u>

班级：　　　　　　姓名：　　　　　　学号：　　　　　　指导老师：

评价项目	评价标准	评价依据（信息、佐证）	评价方式			权重	得分小计
			小组评价	学校评价	企业评价		
			0.1	0.9			
职业素质	1. 遵守企业管理规定、劳动纪律 2. 按时完成学习及工作任务 3. 工作积极主动、勤学好问	考勤表、教学日志				0.2	
专业能力	1. 动作大胆、自然，表演到位，符合规定内容要求	录像回放				0.1	
	2. 时间节奏设计合理，符合动作要求	原画绘制稿				0.2	

续表

评价项目	评价标准	评价依据（信息、佐证）	评价方式			权重	得分小计
			小组评价	学校评价	企业评价		
			0.1	0.9			
专业能力	3. 原画造型结构绘制准确，构图合理，动作设计到位，夸张合理	原画绘制稿				0.4	
创新能力	动作设计生动有趣	原画绘制稿				0.1	
指导教师综合评价	指导老师签名： 日期：						

注：1. 此表一式两份，一份由院校存档，一份入预备技师学籍档案。

2. 考核成绩均为百分制。

教学项目四　老师讲课原画

1. 项目内容

1.1 设计老师转头原画

1.2 设计老师转身原画

1.3 设计老师口型动作的原画

1.4 设计老师讲课时手臂挥动原画

2. 项目要求

2.1 能设计人转头原画

2.2 能设计人转身原画

2.3 能设计口型原画

2.4 能设计人肢体动作原画

2.5 能根据原画动作设计时间节奏

2.6 训练结束，要求每个学生提供：

2.6.1 按照设计稿要求和规定造型绘制出老师转头原画一套

2.6.2 按照设计稿要求和规定造型绘制出老师转身原画一套

2.6.3 按照设计稿要求绘制出老师口型动作的原画一套

2.6.4 按照设计稿要求绘制出老师讲课时手臂挥动原画一套

2.6.5 根据原画设置关键帧

3. 教学资源

3.1 师资队伍

由专业骨干教师及企业专家组成，教师需具备本专业工程师、讲师以上职称或技师、高级技师国家职业资格。

3.2 基础设施

3.2.1 教室内设一面高 2 米、宽 1.5 米或 1.5 米以上的大镜子，看全身动作用。

3.2.2 每个学生桌上安放一面 30 厘米×15 厘米以上的小镜子，看面部表情和口型用。

3.3 实习场所及教学设备

教学设施清单

项目名称：老师讲课原画

序号	实习场所名称	设备序号	设备名称	数量	工位数	设备功能	备注
1	无纸动画制作室	1	学生电脑	20 套	20	学习、实训	
		2	数位屏	21 套	21	显示、绘图	
		3	教师电脑	1 套	1	讲课、示范	
		4	投影设备	1 套	1	演示教学	
		5	音箱	1 套	1	收听	
		6	摄像机	1 套	1	教学回放	
		7	无纸动画软件	21 套	21	处理制作	
设备总数：			66				

注：此表按 20 人配置。

4. 任务分解及课时分配

任务分解及课时分配表

教学项目	任务	任务阶段	任务分解	课时
老师讲课原画	设计老师转头原画	动作分析	1. 观看现实生活中人转头的图片、视频，分析动作特点 2. 观看动画片中有关人转头的图片、视频，进一步分析动作特点，并体会此任务中的动作设计 3. 结合项目要求进一步分析项目中老师转头动作特点	1
		表演	表演人转头的动作，并体会项目中所要设计的动作 注意：眼神的方向，是看黑板还是看学生，老师与学生有互动关系	1
		设计时间节奏	1. 通过时间节奏的设计来表现动作的力度、速度、幅度等变化 2. 根据要求设置关键帧	1
		设计绘制原画	根据设计稿要求、动画造型、关键帧设置，设计绘制项目中老师转头原画	6
	设计老师转身原画	动作分析	1. 观看现实生活中人转身的图片、视频，分析动作特点 2. 观看动画片中有关人转身的图片、视频，进一步分析动作特点，并体会此任务中人物的动作设计 3. 结合项目要求进一步分析项目中老师转身的动作特点	1
		表演	表演人转身的动作，并体会项目中所要设计的人物动作 注意：转身时或许会带一些手臂挥动动作	1
		设计时间节奏	1. 通过时间节奏的设计来表现动作的力度、速度、幅度等变化 2. 根据要求设置关键帧	1
		设计绘制原画	根据设计稿要求、动画造型、关键帧设置，设计绘制项目中老师转身原画	8

续表

教学项目	任务	任务阶段	任务分解	课时
老师讲课原画	设计老师口型动作的原画	动作分析	1. 观看现实生活中口型变化的图片、视频，分析动作特点 2. 结合现实再观看动画片中有关口型变化的图片、视频，进一步分析动作特点 3. 结合项目要求进一步分析项目中老师说话口型动作特点	1
		表演	根据设计稿要求，表演项目中老师讲课的口型动作 注意：口型配合说话的内容以及表情变化，注意口型变化的速度节奏，有快，有慢，有停顿	1
		设计时间节奏	1. 通过时间节奏的设计来表现动作的力度、速度、幅度等变化 2. 根据要求设置关键帧	2
		设计绘制原画	根据设计稿要求、动画造型、关键帧设置，设计绘制项目中老师讲课口型动作原画	6
	设计老师讲课时手臂挥动原画	动作分析	1. 观看现实生活中老师讲课时手臂挥动的图片、视频，分析动作特点 2. 观看动画片中有关老师讲课时手臂挥动的图片、视频，进一步分析并体会动作特点 3. 结合项目要求进一步分析项目中老师讲课时手臂挥动动作特点	1
		表演	表演老师讲课时手臂挥动的动作，并体会项目中所要设计的动作 注意：口型配合说话的内容，以及表情变化，注意口型变化的速度节奏，有快有慢、有停顿	1
		设计时间节奏	1. 通过时间节奏的设计来表现动作的力度、速度、幅度等变化 2. 根据要求设置关键帧	1
		设计绘制原画	根据设计稿要求、动画造型、关键帧设置，设计绘制项目中老师讲课时手臂挥动原画	8

5. 项目考核

职业功能模块教学项目过程考核评价表

项目名称：老师讲课原画

班级：　　　　姓名：　　　　学号：　　　　指导老师：

评价项目	评价标准	评价依据（信息、佐证）	评价方式			权重	得分小计
			小组评价	学校评价	企业评价		
			0.1	0.9			
职业素质	1. 遵守企业管理规定、劳动纪律 2. 按时完成学习及工作任务 3. 工作积极主动、勤学好问	考勤表、教学日志				0.2	
专业能力	1. 动作大胆、自然，表演到位，符合规定内容要求	录像回放				0.1	
	2. 时间节奏设计合理，符合动作要求	原画绘制稿				0.2	

续表

评价项目	评价标准	评价依据（信息、佐证）	评价方式			权重	得分小计
			小组评价	学校评价	企业评价		
			0.1	0.9			
专业能力	3. 原画造型结构绘制准确，构图合理，动作设计到位，夸张合理	原画绘制稿				0.4	
创新能力	动作设计生动有趣	原画绘制稿				0.1	
指导教师综合评价	指导老师签名： 日期：						

注：1. 此表一式两份，一份由院校存档，一份入预备技师学籍档案。

2. 考核成绩均为百分制。

教学项目五　两个男孩摔跤原画

1. 项目内容

1.1 设计两个男孩生气的表情原画

1.2 设计两个男孩互相吵架的口型动作原画

1.3 设计两个男孩摔跤动作原画

2. 项目要求

2.1 能设计口型原画

2.2 能设计（生气）表情原画

2.3 能设计人肢体动作原画

2.4 能根据原画动作设计时间节奏

2.5 训练结束，要求每个学生提供：

2.5.1 按照设计稿要求、规定造型绘制出两个男孩生气的表情原画一套

2.5.2 按照设计稿要求、规定造型绘制出两个男孩互相吵架的口型动作原画一套

2.5.3 按照设计稿要求、规定造型绘制出两个男孩摔跤动作原画一套

2.5.4 根据原画设置关键帧

3. 教学资源

3.1 师资队伍

由专业骨干教师及企业专家组成，教师需具备本专业工程师、讲师以上职称或技师、高级技师国家职业资格。

3.2 基础设施

3.2.1 教室内设一面高 2 米、宽 1.5 米或 1.5 米以上的大镜子，看全身动作用。

3.2.2 每个学生桌上安放一面 30 厘米×15 厘米以上的小镜子，看面部表情和口型用。

3.3 实习场所及教学设备

教学设施清单

项目名称：两个男孩摔跤原画

序号	实习场所名称	设备序号	设备名称	数量	工位数	设备功能	备注
1	无纸动画制作室	1	学生电脑	20套	20	学习、实训	
		2	数位屏	21套	21	显示、绘图	
		3	教师电脑	1套	1	讲课、示范	
		4	投影设备	1套	1	演示教学	
		5	音箱	1套	1	收听	
		6	摄像机	1套	1	教学回放	
		7	无纸动画软件	21套	21	处理制作	
设备总数：			66				

注：此表按20人配置。

4. 任务分解及课时分配

任务分解及课时分配表

教学项目	任务	任务阶段	任务分解	课时
两个男孩摔跤原画	设计两个男孩生气的表情原画	动作分析	1. 观看现实生活中人生气表情的图片、视频，分析动作特点 2. 观看动画片中有关人生气表情的图片、视频，进一步分析动作特点，并体会此任务中的动作设计 3. 结合项目要求进一步分析项目中两个男孩互相生气的表情动作特点	1
		表演	表演两个人因为某事而互相生气的表情动作，并体会项目中所要设计的动作 注意：配合动作和口型来表演表情，注意两个人之间的互动性	2
		设计时间节奏	1. 通过时间节奏的设计来表现动作的力度、速度、幅度等变化 2. 根据要求设置关键帧	1
		设计绘制原画	根据设计稿要求、动画造型、关键帧设置，设计绘制项目中两个男孩互相生气的表情原画	10
	设计两个男孩吵架的口型动作原画	动作分析	1. 观看现实生活中两人吵架口型动作的图片、视频，分析动作特点 2. 观看动画片中有关两人吵架口型动作的图片、视频，进一步分析动作特点，并体会此任务中人物的口型动作设计 3. 结合项目要求进一步分析项目中两个男孩吵架口型动作特点	1
		表演	表演两人吵架口型动作，并体会项目中所要设计的动作 注意：人物吵架时要配合肢体动作和表情来设计口型	1
		设计时间节奏	1. 通过时间节奏的设计来表现动作的力度、速度、幅度等变化 2. 根据要求设置关键帧	1
		设计绘制原画	根据设计稿要求、动画造型、关键帧设置，设计绘制项目中两个男孩互相吵架的口型动作原画	8

续表

教学项目	任务	任务阶段	任务分解	课时
两个男孩摔跤原画	设计两个男孩摔跤动作原画	动作分析	1. 观看现实生活中两人摔跤的图片、视频，分析动作特点 2. 观看动画片中有关两人摔跤的图片、视频，进一步分析动作特点，并体会此任务中的动作设计 3. 结合项目要求进一步分析项目中两个男孩摔跤动作特点	1
		表演	表演两人摔跤动作，并体会项目中所要设计的动作 注意：人体肌肉受击打发生弹性型变的变化；在摔跤过程中，四肢穿插的结构变化；注意速度感和力度	2
		设计时间节奏	1. 通过时间节奏的设计来表现动作的力度、速度、幅度等变化 2. 根据要求设置关键帧	1
		设计绘制原画	根据设计稿要求、动画造型、关键帧设置，设计绘制项目中两个男孩摔跤原画	10

5. 项目考核

职业功能模块教学项目过程考核评价表

项目名称：两个男孩摔跤原画

班级：　　　　姓名：　　　　学号：　　　　指导老师：

评价项目	评价标准	评价依据（信息、佐证）	评价方式			权重	得分小计
			小组评价	学校评价	企业评价		
			0.1	0.9			
职业素质	1. 遵守企业管理规定、劳动纪律 2. 按时完成学习及工作任务 3. 工作积极主动、勤学好问	考勤表、教学日志				0.2	
专业能力	1. 动作大胆、自然，表演到位，符合规定内容要求	录像回放				0.1	
	2. 时间节奏设计合理，符合动作要求	原画绘制稿				0.2	
	3. 原画造型结构绘制准确，构图合理，动作设计到位，夸张合理	原画绘制稿				0.4	
创新能力	动作设计生动有趣	原画绘制稿				0.1	
指导教师综合评价	指导老师签名：　　　　日期：						

注：1. 此表一式两份，一份由院校存档，一份入预备技师学籍档案。

2. 考核成绩均为百分制。

教学项目六　男孩看电视原画

1. 项目内容

1.1 设计男孩因看电视而悲伤的表情和动作原画

1.2 设计男孩因看电视而大笑的表情和动作原画

1.3 设计男孩因看电视而吃惊的表情和动作原画

2. 项目要求

2.1 能设计（悲伤、欢笑、吃惊）表情原画

2.2 能设计人肢体动作原画

2.3 能根据原画动作设计时间节奏

2.4 训练结束，要求每个学生提供：

2.4.1 按照设计稿和规定造型绘制出男孩因看电视而悲伤的表情和动作原画一套

2.4.2 按照设计稿和规定造型绘制出男孩因看电视而大笑的表情和动作原画一套

2.4.3 按照设计稿和规定造型绘制出男孩因看电视而吃惊的表情和动作原画一套

2.4.4 根据原画设置关键帧

3. 教学资源

3.1 师资队伍

由专业骨干教师及企业专家组成，教师需具备本专业工程师、讲师以上职称或技师、高级技师国家职业资格。

3.2 基础设施

3.2.1 教室内设一面高 2 米、宽 1.5 米或 1.5 米以上的大镜子，看全身动作用。

3.2.2 每个学生桌上安放一面 30 厘米×15 厘米以上的小镜子，看面部表情和口型用。

3.3 实习场所及教学设备

教学设施清单

项目名称：男孩看电视原画

序号	实习场所名称	设备序号	设备名称	数量	工位数	设备功能	备注
1	无纸动画制作室	1	学生电脑	20 套	20	学习、实训	
		2	数位屏	21 套	21	显示、绘图	
		3	教师电脑	1 套	1	讲课、示范	
		4	投影设备	1 套	1	演示教学	
		5	音箱	1 套	1	收听	
		6	摄像机	1 套	1	教学回放	
		7	无纸动画软件	21 套	21	处理制作	
设备总数：			66				

注：此表按 20 人配置。

4. 任务分解及课时分配

任务分解及课时分配表

<table>
<tr><th>教学项目</th><th>任务</th><th>任务阶段</th><th>任务分解</th><th>课时</th></tr>
<tr><td rowspan="12">男孩看电视原画</td><td rowspan="4">设计男孩因看电视而悲伤的表情和动作原画</td><td>动作分析</td><td>1. 观看现实生活中人看到某事物而悲伤的表情和动作的图片、视频，分析动作特点
2. 观看动画片中有关人看到某事物而悲伤的表情和动作的图片、视频，进一步分析动作特点，并体会此任务中的动作设计
3. 结合项目要求进一步分析项目中男孩因看电视而悲伤的表情和动作特点</td><td>1</td></tr>
<tr><td>表演</td><td>表演人看到某事物而悲伤的表情和动作，并体会项目中所要设计的动作
注意：人悲伤时五官的变化，身体和肢体各部分的配合动作</td><td>2</td></tr>
<tr><td>设计时间节奏</td><td>1. 通过时间节奏的设计来表现动作的力度、速度、幅度等变化
2. 根据要求设置关键帧</td><td>1</td></tr>
<tr><td>设计绘制原画</td><td>根据设计稿要求、动画造型、关键帧设置，设计绘制项目中男孩因看电视而悲伤的表情和动作原画</td><td>10</td></tr>
<tr><td rowspan="4">设计男孩因看电视而大笑的表情和动作原画</td><td>动作分析</td><td>1. 观看现实生活中人看到某事物而大笑的表情和动作的图片、视频，分析动作特点
2. 观看动画片中有关人看到某事物而大笑的表情和动作的图片、视频，进一步分析动作特点，并体会此任务中的动作设计
3. 结合项目要求进一步分析项目中男孩因看电视而大笑的表情和动作特点</td><td>1</td></tr>
<tr><td>表演</td><td>表演人看到某事物而大笑的表情和动作，并体会项目中所要设计的动作
注意：人笑时五官的变化，身体和肢体各部分的配合动作</td><td>2</td></tr>
<tr><td>设计时间节奏</td><td>1. 通过时间节奏的设计来表现动作的力度、速度、幅度等变化
2. 根据要求设置关键帧</td><td>1</td></tr>
<tr><td>设计绘制原画</td><td>根据设计稿要求、动画造型、关键帧设置，设计绘制项目中男孩因看电视而大笑的表情和动作原画</td><td>10</td></tr>
<tr><td rowspan="4">设计男孩因看电视而吃惊的表情和动作原画</td><td>动作分析</td><td>1. 观看现实生活中人看到某事物而吃惊的表情和动作的图片、视频，分析动作特点
2. 观看动画片中有关人看到某事物而吃惊的表情和动作的图片、视频，进一步分析动作特点，并体会此任务中的动作设计
3. 结合项目要求进一步分析项目中男孩因看电视而吃惊的表情和动作特点</td><td>1</td></tr>
<tr><td>表演</td><td>表演人看到某事物而吃惊的表情和动作，并体会项目中所要设计的动作
注意：人吃惊时五官的变化，身体和肢体各部分的配合动作</td><td>2</td></tr>
<tr><td>设计时间节奏</td><td>1. 通过时间节奏的设计来表现动作的力度、速度、幅度等变化
2. 根据要求设置关键帧</td><td>1</td></tr>
<tr><td>设计绘制原画</td><td>根据设计稿要求、动画造型、关键帧设置，设计绘制项目中男孩因看电视而吃惊的表情和动作原画</td><td>10</td></tr>
</table>

5. 项目考核

职业功能模块教学项目过程考核评价表

项目名称：男孩看电视原画

<table>
<tr><td colspan="2">班级：</td><td colspan="2">姓名：</td><td colspan="2">学号：</td><td colspan="2">指导老师：</td></tr>
<tr><td rowspan="3">评价项目</td><td rowspan="3">评价标准</td><td rowspan="3">评价依据
（信息、佐证）</td><td colspan="3">评价方式</td><td rowspan="3">权重</td><td rowspan="3">得分
小计</td></tr>
<tr><td>小组评价</td><td>学校评价</td><td>企业评价</td></tr>
<tr><td>0.1</td><td colspan="2">0.9</td></tr>
<tr><td>职业素质</td><td>1. 遵守企业管理规定、劳动纪律
2. 按时完成学习及工作任务
3. 工作积极主动、勤学好问</td><td>考勤表、
教学日志</td><td></td><td></td><td></td><td>0.2</td><td></td></tr>
<tr><td rowspan="3">专业能力</td><td>1. 动作大胆、自然，表演到位，符合规定内容要求</td><td>录像回放</td><td></td><td></td><td></td><td>0.1</td><td></td></tr>
<tr><td>2. 时间节奏设计合理，符合动作要求</td><td>原画绘制稿</td><td></td><td></td><td></td><td>0.2</td><td></td></tr>
<tr><td>3. 原画造型结构绘制准确，构图合理，动作设计到位，夸张合理</td><td>原画绘制稿</td><td></td><td></td><td></td><td>0.4</td><td></td></tr>
<tr><td>创新能力</td><td>动作设计生动有趣</td><td>原画绘制稿</td><td></td><td></td><td></td><td>0.1</td><td></td></tr>
<tr><td>指导教师
综合评价</td><td colspan="7">指导老师签名：　　　　　　　　　　　　日期：</td></tr>
</table>

注：1. 此表一式两份，一份由院校存档，一份入预备技师学籍档案。
2. 考核成绩均为百分制。

教学项目七　小猫追逐蝴蝶原画

1. 项目内容

1.1 设计小猫走、跑、扑的原画

1.2 设计蝴蝶飞的原画

2. 项目要求

2.1 能设计爪类动物（走、跑、扑）原画

2.2 能设计昆虫飞原画

2.3 能根据原画动作设计时间节奏

2.4 训练结束，要求每个学生提供：

2.4.1 按照设计稿要求和规定造型绘制出小猫走、跑、扑的原画一套

2.4.2 按照设计稿要求和规定造型绘制出蝴蝶飞的原画一套

2.4.3 根据原画设置关键帧

3. 教学资源

3.1 师资队伍

由专业骨干教师及企业专家组成，教师需具备本专业工程师、讲师以上职称或技师、高级技师国家职业资格。

3.2 基础设施

3.2.1 教室内设一面高 2 米、宽 1.5 米或 1.5 米以上的大镜子，看全身动作用。

3.2.2 每个学生桌上安放一面 30 厘米×15 厘米以上的小镜子，看面部表情和口型用。

3.3 实习场所及教学设备

教学设施清单

项目名称：小猫追逐蝴蝶原画

序号	实习场所名称	设备序号	设备名称	数量	工位数	设备功能	备注
1	无纸动画制作室	1	学生电脑	20 套	20	学习、实训	
		2	数位屏	21 套	21	显示、绘图	
		3	教师电脑	1 套	1	讲课、示范	
		4	投影设备	1 套	1	演示教学	
		5	音箱	1 套	1	收听	
		6	动物素材库	1 套	1	教学参考	
		7	无纸动画软件	21 套	21	处理制作	
设备总数：			66				

注：此表按 20 人配置。

4. 任务分解及课时分配

任务分解及课时分配表

教学项目	任务	任务阶段	任务分解	课时
设计小猫追蝴蝶原画	设计小猫走、跑、扑原画	动作分析	1. 观看现实生活中关于猫走、跑、扑的图片、视频，分析动作特点 2. 观看动画片中有关猫走、跑、扑的图片、视频，进一步分析动作特点，并体会此任务中的动作设计 3. 结合项目要求进一步分析项目中小猫为了追蝴蝶而走、跑、扑的动作特点 注意：蝴蝶和猫之间的交叉动作	2
		设计时间节奏	1. 通过时间节奏的设计来表现动作的力度、速度、幅度等变化 2. 根据要求设置关键帧	2
		设计绘制原画	根据设计稿要求、动画造型、关键帧设置，设计绘制项目中小猫为了追蝴蝶而走、跑、扑的原画	10

续表

教学项目	任务	任务阶段	任务分解	课时
设计小猫追蝴蝶原画	设计蝴蝶飞原画	动作分析	1. 观看现实生活中关于蝴蝶飞的图片、视频，分析动作特点 2. 观看动画片中有关蝴蝶飞的图片、视频，进一步分析动作特点，并体会此任务中的动作设计 3. 结合项目要求进一步分析项目中蝴蝶飞动作特点 注意：要注意蝴蝶和猫之间的交叉动作及其互动性	1
		设计时间节奏	1. 通过时间节奏的设计来表现动作的力度、速度、幅度等变化 2. 根据要求设置关键帧	1
		设计绘制原画	根据设计稿要求、动画造型、关键帧设置，设计绘制项目中蝴蝶飞原画	4

5. 项目考核

职业功能模块教学项目过程考核评价表

项目名称：小猫追逐蝴蝶原画

班级：　　　　姓名：　　　　学号：　　　　指导老师：

评价项目	评价标准	评价依据（信息、佐证）	评价方式			权重	得分小计
			小组评价	学校评价	企业评价		
			0.1	0.9			
职业素质	1. 遵守企业管理规定、劳动纪律 2. 按时完成学习及工作任务 3. 工作积极主动、勤学好问	考勤表、作业评价表				0.2	
专业能力	1. 时间节奏设计合理，符合动作要求	原画绘制稿				0.2	
	2. 原画造型结构绘制准确，构图合理，动作设计到位，动画性夸张合理	原画绘制稿				0.5	
创新能力	动作设计生动有趣	原画绘制稿				0.1	
指导教师综合评价	指导老师签名：　　　　日期：						

注：1. 此表一式两份，一份由院校存档，一份人预备技师学籍档案。

2. 考核成绩均为百分制。

教学项目八　鸡捉虫子原画

1. 项目内容

1.1 设计鸡走捉虫子的动作原画

1.2 设计虫子爬的原画

1.3 设计虫子跳跃的原画

2. 项目要求

2.1 能设计家禽走的原画

2.2 能设计昆虫爬、跳等的原画

2.3 能根据原画动作设计时间节奏

2.4 训练结束，要求每个学生提供：

2.4.1 按照设计稿要求和规定造型绘制出鸡捉虫子的动作原画一套

2.4.2 按照设计稿要求和规定造型绘制出虫子爬的原画一套

2.4.3 按照设计稿要求和规定造型绘制出虫子跳跃的原画一套

2.4.4 根据原画设置关键帧

3. 教学资源

3.1 师资队伍

由专业骨干教师及企业专家组成，教师需具备本专业工程师、讲师以上职称或技师、高级技师国家职业资格。

3.2 基础设施

3.2.1 教室内设一面高 2 米、宽 1.5 米或 1.5 米以上的大镜子，看全身动作用。

3.2.2 每个学生桌上安放一面 30 厘米×15 厘米以上的小镜子，看面部表情和口型用。

3.3 实习场所及教学设备

教学设施清单

项目名称：鸡捉虫子原画

序号	实习场所名称	设备序号	设备名称	数量	工位数	设备功能	备注
1	无纸动画制作室	1	学生电脑	20 套	20	学习、实训	
		2	数位屏	21 套	21	显示、绘图	
		3	教师电脑	1 套	1	讲课、示范	
		4	投影设备	1 套	1	演示教学	
		5	音箱	1 套	1	收听	
		6	动物素材库	1 套	1	教学参考	
		7	无纸动画软件	21 套	21	处理制作	
设备总数：			66				

注：此表按 20 人配置。

4. 任务分解及课时分配

任务分解及课时分配表

教学项目	任务	任务阶段	任务分解	课时
鸡捉虫子原画	设计鸡走捉虫子的动作原画	动作分析	1. 观看现实生活中鸡走和啄食的图片、视频，分析动作特点 2. 观看动画片中有关鸡走和啄食的图片、视频，进一步分析动作特点，并体会此任务中的动作设计 3. 结合项目要求进一步分析项目中鸡走捉虫子的动作特点 注意：鸡和虫子的互动性，鸡为了捉虫子而产生的动作缓急	2
		设计时间节奏	1. 通过时间节奏的设计来表现动作的力度、速度、幅度等变化 2. 根据要求设置关键帧	2
		设计绘制原画	根据设计稿要求、动画造型、关键帧设置，设计绘制项目中鸡走捉虫子的动作原画	8
	设计虫子爬的原画	动作分析	1. 观看现实生活中虫子爬的图片、视频，分析动作特点 2. 观看动画片中有关虫子爬的图片、视频，进一步分析动作特点，并体会此任务中的动作设计 3. 结合项目要求进一步分析项目中虫子爬动作特点 注意：虫子动作不大，可以只看做单一本体运动，也可适当调整，使其配合鸡的动作	1
		设计时间节奏	1. 通过时间节奏的设计来表现动作的力度、速度、幅度等变化 2. 根据要求设置关键帧	1
		设计绘制原画	根据设计稿要求、动画造型、关键帧设置，设计绘制项目中虫子爬的原画	4
	设计虫子跳跃的原画	动作分析	1. 观看现实生活中虫子跳跃的图片、视频，分析动作特点 2. 观看动画片中有关虫子跳跃的图片、视频，进一步分析并体会动作特点 3. 结合项目要求进一步分析项目中虫子跳跃动作的特点 注意：虫子的跳跃动作是和鸡捉虫子之间有互动关系的，可以通过设计虫子跳的缓急，来表现躲避鸡的追逐	1
		设计时间节奏	1. 通过时间节奏的设计来表现动作的力度、速度、幅度等变化 2. 根据要求设置关键帧	1
		设计绘制原画	根据设计稿要求、动画造型、关键帧设置，设计绘制项目中虫子跳跃原画	4

5. 项目考核

职业功能模块教学项目过程考核评价表

项目名称：鸡捉虫子原画

班级：　　　　姓名：　　　　学号：　　　　指导老师：

评价项目	评价标准	评价依据（信息、佐证）	评价方式			权重	得分小计
			小组评价	学校评价	企业评价		
			0.1	0.9			
职业素质	1. 遵守企业管理规定、劳动纪律 2. 按时完成学习及工作任务 3. 工作积极主动、勤学好问	考勤表、作业评价表				0.2	
专业能力	1. 时间节奏设计合理，符合动作要求	原画绘制稿				0.2	
	2. 原画造型结构绘制准确，构图合理，动作设计到位，动画性夸张合理	原画绘制稿				0.5	
创新能力	动作设计生动有趣	原画绘制稿				0.1	
指导教师综合评价	指导老师签名：　　　　日期：						

注：1. 此表一式两份，一份由院校存档，一份入预备技师学籍档案。
2. 考核成绩均为百分制。

教学项目九　鸭子捉鱼原画

1. 项目内容

1.1 设计鸭子走的原画

1.2 设计鱼群游的原画

1.3 设计鸭子下水引起的水纹原画

2. 项目要求

2.1 能设计家禽走原画

2.2 能设计家禽游水原画

2.3 能设计鱼游原画

2.4 能设计水纹原画

2.5 能根据原画动作设计时间节奏

2.6 训练结束，要求每个学生提供：

2.6.1 按照设计稿要求和规定造型绘制出鸭子走的原画一套

2.6.2 按照设计稿要求绘制出鱼群游的原画一套

2.6.3 按照设计稿要求绘制出鸭子下水引起的水纹原画一套

2.6.4 根据原画设置关键帧

3. 教学资源

3.1 师资队伍

由专业骨干教师及企业专家组成，教师需具备本专业工程师、讲师以上职称或技师、高级技师国家职业资格。

3.2 基础设施

3.2.1 教室内设一面高 2 米、宽 1.5 米或 1.5 米以上的大镜子，看全身动作用。

3.2.2 每个学生桌上安放一面 30 厘米×15 厘米以上的小镜子，看面部表情和口型用。

3.3 实习场所及教学设备

教学设施清单

项目名称：鸭子捉鱼原画

序号	实习场所名称	设备序号	设备名称	数量	工位数	设备功能	备注
1	无纸动画制作室	1	学生电脑	20 套	20	学习、实训	
		2	数位屏	21 套	21	显示、绘图	
		3	教师电脑	1 套	1	讲课、示范	
		4	投影设备	1 套	1	演示教学	
		5	音箱	1 套	1	收听	
		6	动物素材库	1 套	1	教学参考	
		7	无纸动画软件	21 套	21	处理制作	
设备总数：			66				

注：此表按 20 人配置。

4. 任务分解及课时分配

任务分解及课时分配表

教学项目	任务	任务阶段	任务分解	课时
鸭子捉鱼原画	设计鸭子走原画	动作分析	1. 观看现实生活中鸭子走路的图片、视频，分析动作特点 2. 观看动画片中有关鸭子走路的图片、视频，进一步分析动作特点，并体会此任务中的动作设计 3. 结合项目要求进一步分析项目中鸭子走路动作特点 注意：鸭子身体左右摇摆，尾巴有晃动，可适当加入鸭子急跑时伴随的扇翅膀的动作	2
		设计时间节奏	1. 通过时间节奏的设计来表现动作的力度、速度、幅度等变化 2. 根据要求设置关键帧	1
		设计绘制原画	根据设计稿要求、动画造型、关键帧设置，设计绘制项目中鸭子走路原画	8

续表

教学项目	任务	任务阶段	任务分解	课时
鸭子捉鱼原画	设计鱼群游原画	动作分析	1. 观看现实生活中鱼群游动的图片、视频，分析动作特点 2. 观看动画片中有关鱼群游动的图片、视频，进一步分析动作特点，并体会此任务中的动作设计 3. 结合项目要求进一步分析项目中鱼群游动的动作特点 注意：鱼群游动的节奏变化，不要太统一，要有快有慢；鱼群受到惊吓后，有四处逃窜的动作	1
		设计时间节奏	1. 通过时间节奏的设计来表现动作的力度、速度、幅度等变化 2. 根据要求设置关键帧	1
		设计绘制原画	根据设计稿要求，根据关键帧设置，设计绘制项目中鱼群游原画	6
	设计鸭子下水引起的水纹原画	动作分析	1. 观看现实生活中水纹的图片、视频，分析动作特点 2. 观看动画片中有关水纹的图片、视频，进一步分析并体会动作特点 3. 结合项目要求进一步分析项目中鸭子下水引起的水纹动作特点 注意：鸭子下水身体动作的幅度大小和游动的快慢，进一步设计水纹的大小波动变化	1
		设计时间节奏	1. 通过时间节奏的设计来表现动作的力度、速度、幅度等变化 2. 根据要求设置关键帧	1
		设计绘制原画	根据设计稿要求，根据关键帧设置，设计绘制项目中鸭子下水引起的水纹原画	4

5. 项目考核

职业功能模块教学项目过程考核评价表

项目名称：鸭子捉鱼原画

班级：　　　　姓名：　　　　学号：　　　　指导老师：

评价项目	评价标准	评价依据（信息、佐证）	评价方式			权重	得分小计
			小组评价	学校评价	企业评价		
			0.1	0.9			
职业素质	1. 遵守企业管理规定、劳动纪律 2. 按时完成学习及工作任务 3. 工作积极主动、勤学好问	考勤表、作业评价表				0.2	
专业能力	1. 时间节奏设计合理，符合动作要求	原画绘制稿				0.2	
	2. 原画造型结构绘制准确，构图合理，动作设计到位，动画性夸张合理	原画绘制稿				0.5	
创新能力	动作设计生动有趣	原画绘制稿				0.1	
指导教师综合评价	指导老师签名：　　　　日期：						

注：1. 此表一式两份，一份由院校存档，一份入预备技师学籍档案。

2. 考核成绩均为百分制。

教学项目十　白鹤捉鱼原画

1. 项目内容

1.1 设计白鹤飞落岸边的原画

1.2 设计白鹤捉鱼的原画

1.3 设计鱼游原画

2. 项目要求

2.1 能设计阔翼类飞禽飞行原画

2.2 能设计鱼游原画

2.3 能设计水花原画

2.4 能设计水流原画

2.5 能设计水纹原画

2.6 能根据原画动作设计时间节奏

2.7 训练结束，要求每个学生提供：

2.7.1 按照设计稿要求和规定造型绘制出白鹤飞落岸边的原画一套

2.7.2 按照设计稿要求和规定造型绘制出白鹤捉鱼的原画一套

2.7.3 按照设计稿要求绘制出鱼游原画一套

2.7.4 根据原画设置关键帧

3. 教学资源

3.1 师资队伍

由专业骨干教师及企业专家组成，教师需具备本专业工程师、讲师以上职称或技师、高级技师国家职业资格。

3.2 基础设施

3.2.1 教室内设一面高 2 米、宽 1.5 米或 1.5 米以上的大镜子，看全身动作用。

3.2.2 每个学生桌上安放一面 30 厘米×15 厘米以上的小镜子，看面部表情和口型用。

3.3 实习场所及教学设备

教学设施清单

项目名称：白鹤捉鱼原画

序号	实习场所名称	设备序号	设备名称	数量	工位数	设备功能	备注
1	无纸动画制作室	1	学生电脑	20 套	20	学习、实训	
		2	数位屏	21 套	21	显示、绘图	
		3	教师电脑	1 套	1	讲课、示范	
		4	投影设备	1 套	1	演示教学	
		5	音箱	1 套	1	收听	

续表

序号	实习场所名称	设备序号	设备名称	数量	工位数	设备功能	备注
1	无纸动画制作室	6	动物素材库	1套	1	教学参考	
		7	无纸动画软件	21套	21	处理制作	
设备总数：			66				

注：此表按20人配置。

4. 任务分解及课时分配

任务分解及课时分配表

教学项目	任务	任务阶段	任务分解	课时
白鹤捉鱼原画	设计白鹤飞落岸边的原画	动作分析	1. 观看现实生活中白鹤飞行、降落的图片、视频，分析动作特点 2. 观看动画片中有关白鹤飞行、降落的图片、视频，进一步分析动作特点，并体会此任务中的动作设计 3. 结合项目要求进一步分析项目中白鹤飞落岸边的动作特点 注意：白鹤在降落时，翅膀急速扇动做缓冲降落的动作特点	2
		设计时间节奏	1. 通过时间节奏的设计来表现动作的力度、速度、幅度等变化 2. 根据要求设置关键帧	2
		设计绘制原画	根据设计稿要求、动画造型、关键帧设置，设计绘制项目中白鹤飞落岸边的原画	12
	设计白鹤捉鱼的原画	动作分析	1. 观看现实生活中白鹤捉鱼的图片、视频，分析动作特点 2. 观看动画片中有关白鹤捉鱼的图片、视频，进一步分析动作特点，并体会此任务中的动作设计 3. 结合项目要求进一步分析项目中白鹤捉鱼动作特点 注意：白鹤捉鱼时和鱼的互动性以及接触水时的水纹变化	1
		设计时间节奏	1. 通过时间节奏的设计来表现动作的力度、速度、幅度等变化 2. 根据要求设置关键帧	2
		设计绘制原画	根据设计稿要求、动画造型、关键帧设置，设计绘制项目中白鹤捉鱼的原画	10
	设计鱼游原画	动作分析	1. 观看现实生活中鱼游的图片、视频，分析动作特点 2. 观看动画片中有关鱼游的图片、视频，进一步分析并体会动作特点 3. 结合项目要求进一步分析项目中鱼游动作特点 注意：鱼游的急缓和白鹤捉鱼的动作之间的关系	1
		设计时间节奏	1. 通过时间节奏的设计来表现动作的力度、速度、幅度等变化 2. 根据要求设置关键帧	1
		设计绘制原画	根据设计稿要求、动画造型、关键帧设置，设计绘制项目中鱼游原画	6

5. 项目考核

职业功能模块教学项目过程考核评价表

项目名称：白鹤捉鱼原画

班级：　　　　　　姓名：　　　　　　学号：　　　　　　指导老师：

评价项目	评价标准	评价依据（信息、佐证）	评价方式			权重	得分小计
			小组评价	学校评价	企业评价		
			0.1	0.9			
职业素质	1. 遵守企业管理规定、劳动纪律 2. 按时完成学习及工作任务 3. 工作积极主动、勤学好问	考勤表、作业评价表				0.2	
专业能力	1. 时间节奏设计合理，符合动作要求	原画绘制稿				0.2	
	2. 原画造型结构绘制准确，构图合理，动作设计到位，动画性夸张合理	原画绘制稿				0.5	
创新能力	动作设计生动有趣	原画绘制稿				0.1	
指导教师综合评价	指导老师签名：　　　　日期：						

注：1. 此表一式两份，一份由院校存档，一份人预备技师学籍档案。
2. 考核成绩均为百分制。

教学项目十一　牧人放马原画

1. 项目内容

1.1 设计牧人透视走的原画
1.2 设计牧人上马动作的原画
1.3 设计马驮着牧人行走原画
1.4 设计马驮着牧人奔跑原画
1.5 设计一群马奔跑原画

2. 项目要求

2.1 能设计人透视走原画
2.2 能设计人肢体动作原画
2.3 能设计人和动物之间动作原画
2.4 能设计蹄类动物走、跑动作原画
2.5 能根据原画动作设计时间节奏
2.6 训练结束，要求每个学生提供：
2.6.1 按照设计稿要求和规定造型绘制出牧人透视走的原画一套
2.6.2 按照设计稿要求和规定造型绘制出牧人上马动作的原画一套

2.6.3 按照设计稿要求和规定造型绘制出马驮着牧人行走原画一套

2.6.4 按照设计稿要求和规定造型绘制出马驮着牧人奔跑原画一套

2.6.5 按照设计稿要求和规定造型绘制出一群马奔跑原画一套

2.6.6 根据原画设置关键帧

3. 教学资源

3.1 师资队伍

由专业骨干教师及企业专家组成，教师需具备本专业工程师、讲师以上职称或技师、高级技师国家职业资格。

3.2 基础设施

3.2.1 教室内设一面高 2 米、宽 1.5 米或 1.5 米以上的大镜子，看全身动作用。

3.2.2 每个学生桌上安放一面 30 厘米×15 厘米以上的小镜子，看面部表情和口型用。

3.3 实习场所及教学设备

教学设施清单

项目名称：牧人放马原画

序号	实习场所名称	设备序号	设备名称	数量	工位数	设备功能	备注
1	无纸动画制作室	1	学生电脑	20 套	20	学习、实训	
		2	数位屏	21 套	21	显示、绘图	
		3	教师电脑	1 套	1	讲课、示范	
		4	投影设备	1 套	1	演示教学	
		5	音箱	1 套	1	收听	
		6	摄像机	1 套	1	教学回放	
		7	动物素材库	1 套	1	教学参考	
		8	无纸动画软件	21 套	21	处理制作	
设备总数：			67				

注：此表按 20 人配置。

4. 任务分解及课时分配

任务分解及课时分配表

教学项目	任务	任务阶段	任务分解	课时
牧人放马原画	设计牧人透视走的原画	动作分析	1. 观看现实生活中人透视走的图片、视频，分析动作特点 2. 观看动画片中有关人透视走的图片、视频，进一步分析动作特点，并体会此任务中的动作设计 3. 结合项目要求进一步分析项目中牧人透视走动作特点 注意：人透视走的透视关系，牧人身上的服饰在透视走时的透视变化和人体结构变化	1
		设计时间节奏	1. 通过时间节奏的设计来表现动作的力度、速度、幅度等变化 2. 根据要求设置关键帧	1
		设计绘制原画	根据设计稿要求、动画造型、关键帧设置，设计绘制项目中牧人透视走的原画	8

续表

教学项目	任务	任务阶段	任务分解	课时
牧人放马原画	设计牧人上马动作的原画	动作分析	1. 观看现实生活中人上马动作的图片、视频，分析动作特点 2. 观看动画片中有关人上马动作的图片、视频，进一步分析动作特点，并体会此任务中的动作设计 3. 结合项目要求进一步分析项目中牧人上马动作特点 注意：人和马的互动性，尤其人扳动马鞍上马时，马鞍在马身上的变化，以及人上马时整个身体动作的连贯性	2
		设计时间节奏	1. 通过时间节奏的设计来表现动作的力度、速度、幅度等变化 2. 根据要求设置关键帧	2
		设计绘制原画	根据设计稿要求、动画造型、关键帧设置，设计绘制项目中牧人上马动作的原画	10
	设计马驮着牧人行走原画	动作分析	1. 观看现实生活中马驮着人走的图片、视频，分析动作特点 2. 观看动画片中有关马驮着人走的图片、视频，进一步分析并体会动作特点 3. 结合项目要求进一步分析项目中马驮着牧人走的动作特点 注意：马驮着人走路的负重感以及人在马身上随同马走时，身体的起伏动作	2
		设计时间节奏	1. 通过时间节奏的设计来表现动作的力度、速度、幅度等变化 2. 根据要求设置关键帧	1
		设计绘制原画	根据设计稿要求、动画造型、关键帧设置，设计绘制项目中马驮着牧人走的动作原画	10
	设计马驮着牧人奔跑原画	动作分析	1. 观看现实生活中马驮着人跑的图片、视频，分析动作特点 2. 观看动画片中有关马驮着人跑的图片、视频，进一步分析并体会动作特点 3. 结合项目要求进一步分析项目中马驮着牧人跑的动作特点 注意：马驮着人跑的负重感以及人在马身上随同马跑时，身体的起伏动作	1
		设计时间节奏	1. 通过时间节奏的设计来表现动作的力度、速度、幅度等变化 2. 根据要求设置关键帧	1
		设计绘制原画	根据设计稿要求、动画造型、关键帧设置，设计绘制项目中马驮着牧人跑的动作原画	10
	设计一群马奔跑原画	动作分析	1. 观看现实生活中马群奔跑的图片、视频，分析动作特点 2. 观看动画片中有关马群奔跑的图片、视频，进一步分析并体会动作特点 3. 结合项目要求进一步分析项目中马群奔跑的动作特点 注意：注意群马跑时，互相穿插的动作，起伏不要太一致，应注意错开、分层	2
		设计时间节奏	1. 通过时间节奏的设计来表现动作的力度、速度、幅度等变化 2. 根据要求设置关键帧	1
		设计绘制原画	根据设计稿要求、动画造型、关键帧设置，设计绘制项目中马群奔跑的动作原画	10

5. 项目考核

职业功能模块教学项目过程考核评价表

项目名称： 牧人放马原画

班级： 姓名： 学号： 指导老师：

评价项目	评价标准	评价依据（信息、佐证）	评价方式			权重	得分小计
			小组评价	学校评价	企业评价		
			0.1	0.9			
职业素质	1. 遵守企业管理规定、劳动纪律 2. 按时完成学习及工作任务 3. 工作积极主动、勤学好问	考勤表、教学日志				0.2	
专业能力	1. 动作大胆、自然，表演到位，符合规定内容要求	录像回放				0.1	
	2. 时间节奏设计合理，符合动作要求	原画绘制稿				0.2	
	3. 原画造型结构绘制准确，构图合理，动作设计到位，夸张合理	原画绘制稿				0.4	
创新能力	动作设计生动有趣	原画绘制稿				0.1	
指导教师综合评价	指导老师签名：		日期：				

注：1. 此表一式两份，一份由院校存档，一份入预备技师学籍档案。
　　2. 考核成绩均为百分制。

教学项目十二　仓库爆炸原画

1. 项目内容

1.1 设计人吸入烟雾动作的原画

1.2 设计香烟冒轻烟的原画

1.3 设计人透视走原画

1.4 设计冒浓烟原画

1.5 设计火烧原画

1.6 设计爆炸原画

2. 项目要求

2.1 能设计人肢体动作原画

2.2 能设计人透视走原画

2.3 能设计烟运动原画

2.4 能设计火烧原画

2.5 能设计爆炸原画

2.6 能根据原画动作设计时间节奏

2.7 训练结束，要求每个学生提供：

2.7.1 按照设计稿要求和规定造型绘制出人吸入烟雾动作的原画一套

2.7.2 按照设计稿要求和规定造型绘制出人透视走的原画一套

2.7.3 按照设计稿要求绘制出香烟冒轻烟原画一套

2.7.4 按照设计稿要求绘制出冒浓烟原画一套

2.7.5 按照设计稿要求绘制出火烧原画一套

2.7.6 按照设计稿要求绘制出爆炸原画一套

2.7.7 根据原画设置关键帧

3. 教学资源

3.1 师资队伍

由专业骨干教师及企业专家组成，教师需具备本专业工程师、讲师以上职称或技师、高级技师国家职业资格。

3.2 基础设施

3.2.1 教室内设一面高 2 米、宽 1.5 米或 1.5 米以上的大镜子，看全身动作用。

3.2.2 每个学生桌上安放一面 30 厘米×15 厘米以上的小镜子，看面部表情和口型用。

3.3 实习场所及教学设备

教学设施清单

项目名称：仓库爆炸原画

序号	实习场所名称	设备序号	设备名称	数量	工位数	设备功能	备注
1	无纸动画制作室	1	学生电脑	20 套	20	学习、实训	
		2	数位屏	21 套	21	显示、绘图	
		3	教师电脑	1 套	1	讲课、示范	
		4	投影设备	1 套	1	演示教学	
		5	音箱	1 套	1	收听	
		6	摄像机	1 套	1	教学回放	
		7	无纸动画软件	21 套	21	处理制作	
设备总数：			66				

注：此表按 20 人配置。

4. 任务分解及课时分配

任务分解及课时分配表

教学项目	任务	任务阶段	任务分解	课时
仓库爆炸原画	设计人吸入烟雾动作的原画	动作分析	1. 观看现实生活中人吸入烟雾的图片、视频，分析动作特点 2. 观看动画片中有关人吸烟的图片、视频，进一步分析动作特点，并体会此任务中的动作设计 3. 结合项目要求进一步分析项目中人吸烟动作特点	2
		表演	表演人吸烟的动作并体会项目中所要设计的动作 注意：人手拿烟和嘴叼烟的动作以及人吸烟时，腮部和面部表情的动作	2
		设计时间节奏	1. 通过时间节奏的设计来表现动作的力度、速度、幅度等变化 2. 根据要求设置关键帧	2
		设计绘制原画	根据设计稿要求、动画造型、关键帧设置，设计绘制项目中人吸烟原画	10
	设计香烟冒轻烟的原画	动作分析	1. 观看现实生活中的关于轻烟图片、视频，分析动作特点 2. 观看动画片中有关轻烟的图片、视频，进一步分析动作特点，并体会此任务中的动作设计 3. 结合项目要求进一步分析项目中香烟冒轻烟的动作特点 注意：轻烟的运动是不定的，随着人手动作和人呼吸动作以及空气影响而飘忽变化	2
		设计时间节奏	1. 通过时间节奏的设计来表现动作的力度、速度、幅度等变化 2. 根据要求设置关键帧	1
		设计绘制原画	根据设计稿要求，根据关键帧设置，设计绘制项目中香烟冒轻烟原画	6
	设计人透视走原画	动作分析	1. 观看现实生活中人透视走的图片、视频，分析动作特点 2. 观看动画片中有关人透视走的图片、视频，进一步分析并体会动作特点 3. 结合项目要求进一步分析项目中人透视走动作特点	1
		设计时间节奏	1. 通过时间节奏的设计来表现动作的力度、速度、幅度等变化 2. 根据要求设置关键帧	1
		设计绘制原画	根据设计稿要求、动画造型、关键帧设置，设计绘制项目中人透视走原画	8
	设计冒浓烟原画	动作分析	1. 观看现实生活中浓烟的图片、视频，分析动作特点 2. 观看动画片中有关浓烟的图片、视频，进一步分析动作特点，并体会此任务中的动作设计 3. 结合项目要求进一步分析项目中物体冒浓烟的动作特点 注意：浓烟燃烧速度快，面积小，越扩散速度越慢，面积扩大，烟中还伴有火光	2
		设计时间节奏	1. 通过时间节奏的设计来表现动作的力度、速度、幅度等变化 2. 根据要求设置关键帧	1
		设计绘制原画	根据设计稿要求，根据关键帧设置，设计绘制项目中冒浓烟原画	8

续表

教学项目	任务	任务阶段	任务分解	课时
仓库爆炸原画	设计火烧原画	动作分析	1. 观看现实生活中火烧的图片、视频，分析动作特点 2. 观看动画片中有关火烧的图片、视频，进一步分析并体会动作特点 3. 结合项目要求进一步分析项目中火烧动作特点 注意：火是伴随着烟而着的，火势由小到大，注意分层	2
		设计时间节奏	1. 通过时间节奏的设计来表现动作的力度、速度、幅度等变化 2. 根据要求设置关键帧	1
		设计绘制原画	根据设计稿要求，根据关键帧设置，设计绘制项目中火烧原画	8
	设计爆炸原画	动作分析	1. 观看现实生活中爆炸的图片、视频，分析动作特点 2. 观看动画片中有关爆炸的图片、视频，进一步分析并体会动作特点 3. 结合项目要求进一步分析项目中爆炸动作特点 注意：爆炸物的材质以及爆炸物中伴随着烟和火	1
		设计时间节奏	1. 通过时间节奏的设计来表现动作的力度、速度、幅度等变化 2. 根据要求设置关键帧	1
		设计绘制原画	根据设计稿要求，根据关键帧设置，设计绘制项目中爆炸原画	8

5. 项目考核

职业功能模块教学项目过程考核评价表

项目名称：仓库爆炸原画

班级：　　　　姓名：　　　　学号：　　　　指导老师：

评价项目	评价标准	评价依据（信息、佐证）	评价方式			权重	得分小计
			小组评价	学校评价	企业评价		
			0.1	0.9			
职业素质	1. 遵守企业管理规定、劳动纪律 2. 按时完成学习及工作任务 3. 工作积极主动、勤学好问	考勤表、教学日志				0.2	
专业能力	1. 动作大胆、自然，表演到位，符合规定内容要求	录像回放				0.1	
	2. 时间节奏设计合理，符合动作要求	原画绘制稿				0.2	
	3. 原画造型结构绘制准确，构图合理，动作设计到位，夸张合理	原画绘制稿				0.4	
创新能力	动作设计生动有趣	原画绘制稿				0.1	
指导教师综合评价	指导老师签名：　　　　日期：						

注：1. 此表一式两份，一份由院校存档，一份入预备技师学籍档案。

2. 考核成绩均为百分制。

教学项目十三　小孩放鞭炮原画

1. 项目内容

1.1 设计小孩点鞭炮动作的原画

1.2 设计两个小孩高兴地互相追逐，正面、背面、透视跑的原画

1.3 设计下雪原画

1.4 设计点燃的鞭炮冒轻烟原画

1.5 设计鞭炮爆炸原画

2. 项目要求

2.1 能设计人肢体动作原画

2.2 能设计人透视走、跑原画

2.3 能设计人正、背面跑原画

2.4 能设计下雪原画

2.5 能设计烟运动原画

2.6 能设计爆炸原画

2.7 能根据原画动作设计时间节奏

2.8 训练结束，要求每个学生提供：

2.8.1 按照设计稿要求和规定造型绘制出小孩点鞭炮动作的原画一套

2.8.2 按照设计稿要求和规定造型绘制出两小孩互相追逐，正面、背面、透视跑的原画一套

2.8.3 按照设计稿要求绘制出下雪原画一套

2.8.4 按照设计稿要求绘制出点燃的鞭炮冒轻烟原画一套

2.8.5 按照设计稿要求绘制出鞭炮爆炸原画一套

2.8.6 根据原画设置关键帧

3. 教学资源

3.1 师资队伍

由专业骨干教师及企业专家组成，教师需具备本专业工程师、讲师以上职称或技师、高级技师国家职业资格。

3.2 基础设施

3.2.1 教室内设一面高 2 米、宽 1.5 米或 1.5 米以上的大镜子，看全身动作用。

3.2.2 每个学生桌上安放一面 30 厘米×15 厘米以上的小镜子，看面部表情和口型用。

3.3 实习场所及教学设备

教学设施清单

项目名称：<u>小孩放鞭炮原画</u>

序号	实习场所名称	设备序号	设备名称	数量	工位数	设备功能	备注
1	无纸动画制作室	1	学生电脑	20套	20	学习、实训	
		2	数位屏	21套	21	显示、绘图	
		3	教师电脑	1套	1	讲课、示范	
		4	投影设备	1套	1	演示教学	
		5	音箱	1套	1	收听	
		6	摄像机	1套	1	教学回放	
		7	无纸动画软件	21套	21	处理制作	
设备总数：			66				

注：此表按20人配置。

4. 任务分解及课时分配

任务分解及课时分配表

教学项目	任务	任务阶段	任务分解	课时
小孩放鞭炮原画	设计小孩点鞭炮动作的原画	动作分析	1. 观看现实生活中小孩点鞭炮动作的图片、视频，分析动作特点 2. 观看动画片中有关小孩点鞭炮的图片、视频，进一步分析动作特点，并体会此任务中的动作设计 3. 结合项目要求进一步分析项目中小孩点鞭炮动作特点	1
		表演	表演小孩点鞭炮的动作并体会项目中所要设计的动作 注意：小孩胆怯的表情，身体的延展性，小孩身体与鞭炮之间的距离和互动关系	2
		设计时间节奏	1. 通过时间节奏的设计来表现动作的力度、速度、幅度等变化 2. 根据要求设置关键帧	2
		设计绘制原画	根据设计稿要求、动画造型、关键帧设置，设计绘制项目小孩点鞭炮动作原画	8
	设计两个小孩高兴地互相追逐，正面、背面、透视跑的原画	动作分析	1. 观看现实生活中两个小孩高兴地互相追逐，正面、背面、透视跑的图片、视频，分析动作特点 2. 观看动画片中有关两个小孩高兴地互相追逐，正面、背面、透视跑的图片、视频，进一步分析动作特点，并体会此任务中的动作设计 3. 结合项目要求进一步分析项目中两个小孩高兴地互相追逐，正面、背面、透视跑动作特点	1
		表演	表演两个小孩高兴地互相追逐（正面、背面、透视）跑并体会项目中所要设计的动作 注意：两个小孩之间的互动性，奔跑过程中的方向转换	2
		设计时间节奏	1. 通过时间节奏的设计来表现动作的力度、速度、幅度等变化 2. 根据要求设置关键帧	2
		设计绘制原画	根据设计稿要求、动画造型、关键帧设置，设计绘制项目中两小孩高兴地互相追逐，正面、背面、透视跑原画	14

续表

教学项目	任务	任务阶段	任务分解	课时
过年小孩放鞭炮原画	设计下雪原画	动作分析	1. 观看现实生活中下雪的图片、视频，分析动作特点 2. 观看动画片中有关下雪的图片、视频，进一步分析并体会动作特点 3. 结合项目要求进一步分析项目中下雪特点 注意：把握分层以及人与雪的层次关系	1
		设计时间节奏	1. 通过时间节奏的设计来表现动作的力度、速度、幅度等变化 2. 根据要求设置关键帧	1
		设计绘制原画	根据设计稿要求，根据关键帧设置，设计绘制项目中下雪原画	4
	设计点燃的鞭炮冒轻烟原画	动作分析	1. 观看现实生活中点燃的鞭炮冒轻烟的图片、视频，分析动作特点 2. 观看动画片中有关点燃的鞭炮冒轻烟的图片、视频，进一步分析并体会动作特点 3. 结合项目要求进一步分析项目中点燃的鞭炮冒轻烟特点 注意：轻烟和鞭炮之间的对位关系以及烟受风吹的影响	1
		设计时间节奏	1. 通过时间节奏的设计来表现动作的力度、速度、幅度等变化 2. 根据要求设置关键帧	1
		设计绘制原画	根据设计稿要求，根据关键帧设置，设计绘制项目中点燃的鞭炮冒轻烟原画	4
	设计鞭炮爆炸原画	动作分析	1. 观看现实生活中鞭炮爆炸的图片、视频，分析动作特点 2. 观看动画片中有关鞭炮爆炸的图片、视频，进一步分析并体会动作特点 3. 结合项目要求进一步分析项目中点燃鞭炮爆炸的特点 注意：鞭炮爆炸时四处飞溅的爆炸物的速度和方向	1
		设计时间节奏	1. 通过时间节奏的设计来表现动作的力度、速度、幅度等变化 2. 根据要求设置关键帧	1
		设计绘制原画	根据设计稿要求，根据关键帧设置，设计绘制项目中点燃的鞭炮爆炸原画	6

5. 项目考核

职业功能模块教学项目过程考核评价表

项目名称：<u>小孩放鞭炮原画</u>

班级：　　　　　　姓名：　　　　　　学号：　　　　　　指导老师：

评价项目	评价标准	评价依据（信息、佐证）	评价方式			权重	得分小计
			小组评价	学校评价	企业评价		
			0.1	0.9			
职业素质	1. 遵守企业管理规定、劳动纪律 2. 按时完成学习及工作任务 3. 工作积极主动、勤学好问	考勤表、教学日志				0.2	

续表

评价项目	评价标准	评价依据（信息、佐证）	评价方式			权重	得分小计
			小组评价	学校评价	企业评价		
			0.1	0.9			
专业能力	1. 动作大胆、自然，表演到位，符合规定内容要求	录像回放				0.1	
	2. 时间节奏设计合理，符合动作要求	原画绘制稿				0.2	
	3. 原画造型结构绘制准确，构图合理，动作设计到位，夸张合理	原画绘制稿				0.4	
创新能力	动作设计生动有趣	原画绘制稿				0.1	
指导教师综合评价	指导老师签名： 日期：						

注：1. 此表一式两份，一份由院校存档，一份入预备技师学籍档案。

2. 考核成绩均为百分制。

背景绘制课程大纲

1. 课程性质和任务

1.1 课程性质

本课程是电脑动画设计制作专业预备技师的一门职业能力课程。

1.2 课程任务

通过本课程的训练，学生应能按照背景设计稿要求，绘制出符合内容需要的背景画面。

2. 课程内容及要求

2.1 课程内容

2.1.1 复杂室内背景绘制

2.1.2 复杂室外背景绘制

2.1.3 复杂道具绘制

2.2 课程要求

进行课程教学时必须采用以项目带动教学的方式，通过每个综合项目的制作，训练学生具备复杂室内背景、复杂室外背景、复杂道具的绘制及上色等能力。在实施教学过程中要注意项目制作内容的整体性，避免使教学成为单个训练任务的机械组合。完成单项任务的绘制要注意结合具体样例，让学生对项目有整体的感知与把握，并鼓励学生勤于写生，及时记录周围环境景物的特征，培养学生勤于观察生活，积累速写素材。

3. 项目课时分配及考核权重

项目课时分配及考核权重表

课程名称：背景绘制

序号	项目名称	课时（周）	考核权重	备注
1	绘制商场内景	48	22%	
2	绘制深山茅屋	24	11%	
3	绘制秋季黄昏的车站	36	17%	
4	绘制空中赛场	54	25%	
5	绘制鸟瞰黎明前的城市	30	14%	
6	绘制返航渔船	24	11%	
合计		216	100%	

4. 教学建议

4.1 本课程教学内容必须采用项目法展开教学，教师需具备本专业工程师、讲师以上职称或技师、高级技师职业资格。

4.2 由于背景绘制的学习需要大量时间进行绘制练习，因此，除规定课时外，还要利用晚自习和业余时间来完成实训内容。

4.3 在背景绘制学习过程中，气氛渲染是贯穿始终的，因此在实训时，背景绘制必须做到符合设计稿要求，气氛渲染准确，最终要求学生能独立完成完整的背景绘制任务。

4.4 传授学生技能的同时，注重培养学生认真、负责、谦虚的品格。

5. 课程考核

职业功能模块过程考核评价表

课程名称：背景绘制

班级：　　姓名：　　学号：　　指导教师：

序号	工作项目名称	考核权重	得分
1	绘制商场内景	22%	
2	绘制深山茅屋	11%	
3	绘制秋季黄昏的车站	17%	
4	绘制空中赛场	25%	
5	绘制鸟瞰黎明前的城市	14%	
6	绘制海边返航渔船	11%	
合计		100%	

教学项目一　绘制商场内景

1. 项目内容

1.1 观察商场内景结构，掌握商场内景透视图、效果图绘制方法

1.2 观察商场内各个柜台的装饰外观等，掌握商场内各个柜台的装饰外观透视图、效果图绘制方法

1.3 观察商场内的各种道具等，掌握商场内各种道具等的效果图绘制方法

1.4 按照设计稿的要求完成完整的商场内景绘制

2. 项目要求

2.1 要求学生掌握一定的透视规律、构图知识、色彩知识和手绘表现技法

2.2 能够绘制商场内景，正确把握透视和色彩的表现程度

2.3 能够绘制商场内各个柜台的装饰外观

2.4 能够绘制商场内各种道具，并准确表现不同道具的结构、质感等

3. 教学资源

3.1 师资队伍

由专业骨干教师及企业专家组成，教师需具备本专业工程师、讲师以上职称或技师、高级技师国家职业资格。

3.2 实习场所及教学设备

主要实习场所及教学设备配置表

项目名称：绘制商场内景

序号	实习场所名称	设备序号	设备名称	数量	工位数	设备功能	备注
1	背景绘制室	1	学生电脑	20套	20	学习、实训	
		2	数位屏	21套	21	显示、绘图	
		3	教师电脑	1套	1	讲课、示范	
		4	投影设备	1套	1	演示教学	
		5	音箱	1套	1	收听	
		6	数码相机	1套	1	拍摄参考素材	
		7	移动硬盘	1块	1	存储	
		8	背景绘制软件	21套	21	处理制作	
设备总数：			67				

注：此表按20人配置。

3.3 教师准备

准备与该教学目标相匹配的设计稿和范例，为完成该教学目标进行必要的写生安排。

3.4 学生准备

准备充分的写生、制图用具，复习好与该教学项目相关的已学知识内容，利用网络收集相关资料。

4. 任务分解及课时分配

任务分解及课时分配表

教学项目	任务	任务分解	课时
绘制商场内景	绘制商场内景	1. 观察现实生活中商场内远、中、近景的层次特点 2. 观看动画片中有关商场的图片、视频来进一步分析商场内景的特点，体会其表现方法 3. 结合项目要求，进一步分析项目中商场内的环境特点，进行商场内景速写训练 4. 进行商场内景色彩写生，感受气氛 5. 对大量写生素材进行重新组合整理，绘制符合项目要求的商场内景	16
	绘制商场内各柜台店面等装饰外观	1. 观察商场内各种柜台店面特点 2. 观看相关动画片中有关商场内各种柜台店面等装饰外观的图片、视频，进一步分析其特点，体会其表现方法 3. 结合项目要求，分析各柜台店面等装饰外观特点，进行柜台店面等装饰外观的速写训练 4. 进行各柜台店面等装饰外观的色彩写生，并体会此任务内容对气氛渲染所起的作用 5. 对大量写生素材进行重新组合整理，绘制符合项目要求的各柜台店面等装饰外观	16

续表

教学项目	任务	任务分解	课时
绘制商场内景	绘制商场内各种道具	1. 观察商场内各种道具的特点 2. 观看相关动画片中有关商场内各种道具的图片、视频，进一步分析其特点，体会其表现方法 3. 结合项目要求分析商场内各道具特点，进行各种道具的速写训练 4. 进行各种道具的色彩写生，并体会此任务内容对烘托主题所起的作用 5. 对大量写生素材进行重新组合整理，绘制符合项目要求，能有效烘托主题的各种道具	16

5. 项目考核

职业功能模块教学项目过程考核评价表

项目名称：绘制商场内景

班级：　　　　姓名：　　　　学号：　　　　指导老师：

评价项目	评价标准	评价依据（信息、佐证）	评价方式			权重	得分小计
			小组评价	学校评价	企业评价		
			0.1	0.9			
职业素质	1. 遵守企业管理规定、劳动纪律 2. 按时完成学习及工作任务 3. 工作积极主动，勤学好问	考勤表、教学日志				0.2	
专业能力	1. 基础知识牢固，透视准确	透视稿				0.1	
	2. 技法熟练，构图饱满，色彩明快	背景正稿				0.2	
	3. 背景绘制符合设计稿要求，气氛渲染准确	背景正稿				0.4	
创新能力	能有效烘托主题	背景正稿				0.1	
指导教师综合评价	指导老师签名：　　　　日期：						

注：1. 此表一式两份，一份由院校存档，一份入预备技师学籍档案。
2. 考核成绩均为百分制。

教学项目二　绘制深山茅屋

1. 项目内容

1.1 观察层叠的大山结构，掌握山的远近层次关系，并能准确绘制

1.2 观察太阳、树林、草地、花的结构及色彩特点，掌握其远近层次的表现技法

1.3 观察茅屋结构特点，准确掌握其结构、色彩与周围景物的关系，并能准确绘制
1.4 观察院子里的磨盘、石桌、石凳等道具的结构、色彩，掌握其特点，并能准确绘制
1.5 按照设计稿的要求完成绘制深山里有间茅屋的背景

2. 项目要求

2.1 能绘制大山的远、中、近景
2.2 能绘制太阳、多种树木的多种形态、多种形态的石头、多种形态的花草
2.3 能绘制带院子的茅屋
2.4 能绘制院子里的道具

3. 教学资源

3.1 师资队伍

由专业骨干教师及企业专家组成，教师需具备本专业工程师、讲师以上职称或技师、高级技师国家职业资格。

3.2 实习场所及教学设备

主要实习场所及教学设备配置表

项目名称：绘制深山茅屋

序号	实习场所名称	设备序号	设备名称	数量	工位数	设备功能	备注
1	背景绘制室	1	学生电脑	20套	20	学习、实训	
		2	数位屏	21套	21	显示、绘图	
		3	教师电脑	1套	1	讲课、示范	
		4	投影设备	1套	1	演示教学	
		5	音箱	1套	1	收听	
		6	数码相机	1套	1	拍摄参考素材	
		7	移动硬盘	1块	1	存储	
		8	背景绘制软件	21套	21	处理制作	
设备总数：			67				

注：此表按20人配置。

3.3 教师准备

准备与该教学目标相匹配的设计稿和范例，为完成该教学目标进行必要的写生安排，完成该教学目标的其他相关知识分析。

3.4 学生准备

准备充分的写生、制图用具；复习好与该教学项目相关的已学知识内容；利用网络收集相关资料。

4. 任务分解及课时分配

任务分解及课时分配表

教学项目	任务	任务分解	课时
绘制深山茅屋	绘制大山的远、中、近景	1. 观察山的形状，体会远近透视的感觉 2. 观看动画片中山的形状及远近关系表现的形成 3. 结合项目要求，进一步分析大山深度的表现形式，并进行相应的速写训练 4. 进行相应的色彩写生训练，感受气氛 5. 对大量写生素材进行重新组合整理，绘制符合项目要求的大山景象	6
	绘制太阳、树林、草地、花等景物	1. 观察现实生活中的太阳、树林、草地、花等 2. 观看动画片中有关太阳、树林、草地、花等的表现形式 3. 结合项目要求进一步分析项目中太阳、树林、草地、花的表现形式，并进行相应速写训练 4. 进行相应的色彩写生训练，体会太阳、树林、草地、花对整个项目气氛渲染的作用 5. 对大量写生素材进行重新组合整理，根据项目要求绘制茅屋周围的环境（太阳、树林、草地、花等）	6
	绘制带院子的茅屋	1. 观察现实生活中茅屋的特点 2. 观看动画片中有关茅屋的图片，分析其特点 3. 结合项目要求进一步分析茅屋的表现方法，并进行相应速写训练 4. 进行相应的色彩写生训练，体会茅屋对整个项目气氛渲染的作用 5. 对大量写生素材，进行重新组合整理，根据项目要求绘制茅屋	6
	绘制院子里的道具	1. 观察现实生活中农家院的特点 2. 观看动画片中茅屋院子的各种陈设道具的特点 3. 结合项目要求进一步分析院子里磨盘、石桌、石凳等道具特点及表现方法，并进行相应的速写训练 4. 进行相应的色彩写生训练，并体会此任务内容对烘托主题起到的作用 5. 对大量写生素材进行重新组合整理，根据项目要求绘制院内的磨盘、石桌、石凳等道具	6

5. 项目考核

职业功能模块教学项目过程考核评价表

项目名称：<u>绘制深山茅屋</u>

班级：　　　　姓名：　　　　学号：　　　　指导老师：

评价项目	评价标准	评价依据（信息、佐证）	评价方式			权重	得分小计
			小组评价	学校评价	企业评价		
			0.1	0.9			
职业素质	1. 遵守企业管理规定，劳动纪律 2. 按时完成学习及工作任务 3. 工作积极主动，勤学好问	考勤表、教学日志				0.2	

续表

评价项目	评价标准	评价依据（信息、佐证）	评价方式			权重	得分小计
			小组评价	学校评价	企业评价		
			0.1	0.9			
专业能力	1. 基础知识牢固，透视准确	透视稿				0.1	
	2. 技法熟练，构图饱满，色彩明快	背景正稿				0.2	
	3. 背景绘制符合设计稿要求，气氛渲染准确	背景正稿				0.4	
创新能力	能增添道具器物，有效烘托主题	背景正稿				0.1	
指导教师综合评价	指导老师签名：		日期：				

注：1. 此表一式两份，一份由院校存档，一份入预备技师学籍档案。
2. 考核成绩均为百分制。

教学项目三　绘制秋季黄昏的车站

1. 项目内容

1.1 观察秋季黄昏时分的城市街道的景象，掌握其结构、色彩特点

1.2 分析候车亭在该背景中的作用，掌握其结构特点，并加以准确绘制

1.3 观察汽车、公交车和自行车等道具结构，掌握其绘制方法

1.4 按照设计稿要求绘制秋季黄昏的车站背景

2. 项目要求

2.1 能绘制秋季黄昏时分的城市街道

2.2 能绘制候车亭

2.3 能绘制汽车、公交车和自行车等道具

3. 教学资源

3.1 师资队伍

由专业骨干教师及企业专家组成，教师需具备本专业工程师、讲师以上职称或技师、高级技师国家职业资格。

3.2 实习场所及教学设备

主要实习场所及教学设备配置表

项目名称：绘制秋季黄昏的车站

序号	实习场所名称	设备序号	设备名称	数量	工位数	设备功能	备注
1	背景绘制室	1	学生电脑	20套	20	学习、实训	
		2	数位屏	21套	21	显示、绘图	

续表

序号	实习场所名称	设备序号	设备名称	数量	工位数	设备功能	备注
1	背景绘制室	3	教师电脑	1套	1	讲课、示范	
		4	投影设备	1套	1	演示教学	
		5	音箱	1套	1	收听	
		6	数码相机	1套	1	拍摄参考素材	
		7	移动硬盘	1块	1	存储	
		8	背景绘制软件	21套	21	处理制作	
设备总数：			67				

注：此表按20人配置。

3.3 教师准备

准备与该教学目标相匹配的设计稿和范例，为完成该教学目标进行必要的写生安排，完成该教学目标的其他相关知识分析。

3.4 学生准备

准备充分的写生、制图用具，复习好与该教学项目相关的已学知识内容，利用网络收集相关资料。

4. 任务分解及课时分配

任务分解及课时分配表

教学项目	任务	任务分解	课时
绘制秋季黄昏的车站	绘制秋季黄昏时分的城市街道	1. 观察现实生活中街道的环境，分析街道的特点，观察秋天街道的变化以及黄昏时分街道的景象 2. 观看动画片中有关秋季、黄昏、街道的图片、视频，进一步分析景物的特点 3. 结合项目要求，进一步分析项目中该街道环境特点，并进行相应的速写训练 4. 进行相应的色彩写生，感受特定时间背景下的气氛特点 5. 对大量写生素材进行重新组合整理，根据项目要求绘制秋季黄昏街道的环境背景	16
	绘制候车亭	1. 观察现实生活中的各种各样的候车亭 2. 观看动画片中相关图片、视频，分析候车亭特点 3. 结合项目要求进一步分析项目中候车亭的特点，充分考虑候车亭与街道环境的相互关系，并进行相应速写训练 4. 进行相应的色彩写生，体会候车亭的不同表现对气氛渲染的影响 5. 对大量写生素材，进行重新组合整理，根据项目要求绘制候车亭	12
	绘制汽车、公交车和自行车等道具	1. 观察现实生活中的汽车、公交车、自行车等，观察其结构特点 2. 观看动画片中汽车、公交车、自行车的结构特点及不同表现方法 3. 结合项目要求进一步分析项目中汽车、公交车、自行车的表现方法，并进行相应的速写训练 4. 进行相应的色彩写生，体会汽车、公交车、自行车等道具的衬托作用 5. 对大量写生素材进行重新组合整理，根据项目要求绘制汽车、公交车、自行车等道具	8

5. 项目考核

职业功能模块教学项目过程考核评价表

项目名称：绘制秋季黄昏的车站

班级：　　　　　　姓名：　　　　　　学号：　　　　　　指导老师：

评价项目	评价标准	评价依据（信息、佐证）	评价方式			权重	得分小计
			小组评价	学校评价	企业评价		
			0.1	0.9			
职业素质	1. 遵守企业管理规定，劳动纪律 2. 按时完成学习及工作任务 3. 工作积极主动，勤学好问	考勤表、教学日志				0.2	
专业能力	1. 线条流畅，构图合理，结构准确，符合规定内容要求	透视稿				0.1	
	2. 一点、两点透视到位	背景正稿				0.2	
	3. 以等车人为视觉中心展开	背景正稿				0.4	
创新能力	风格定位准确	背景正稿				0.1	
指导教师综合评价	指导老师签名：　　　　日期：						

注：1. 此表一式两份，一份由院校存档，一份入预备技师学籍档案。
2. 考核成绩均为百分制。

教学项目四　绘制空中赛场

1. 项目内容

1.1 掌握透视原理与绘制技艺

1.2 了解各种比赛道具，掌握准确的结构，并加以绘制

1.3 掌握辅助道具（如热气球、飞船、飞机等）结构，并加以准确绘制

1.4 按照设计稿的要求绘制空中赛场的背景

2. 项目要求

2.1 能够绘制空中赛场全景概况，注意空间结构，正确把握透视和色彩的表现程度

2.2 能够绘制各种比赛道具，准确把握各种比赛道具的布置

2.3 能够绘制空中辅助道具（如热气球、飞船、飞机等）

3. 教学资源

3.1 师资队伍

由专业骨干教师及企业专家组成，教师需具备本专业工程师、讲师以上职称或技师、高级技师国家职业资格。

3.2 实习场所及教学设备

主要实习场所及教学设备配置表

项目名称：绘制空中赛场

序号	实习场所名称	设备序号	设备名称	数量	工位数	设备功能	备注
1	背景绘制室	1	学生电脑	20套	20	学习、实训	
		2	数位屏	21套	21	显示、绘图	
		3	教师电脑	1套	1	讲课、示范	
		4	投影设备	1套	1	演示教学	
		5	音箱	1套	1	收听	
		6	数码相机	1套	1	拍摄参考素材	
		7	移动硬盘	1块	1	存储	
		8	背景绘制软件	21套	21	处理制作	
设备总数：			67				

注：此表按20人配置。

3.3 教师准备

准备与该教学目标相匹配的设计稿和范例，为完成该教学目标进行必要的写生安排，完成该教学目标的其他相关知识分析。

3.4 学生准备

准备充分的写生、制图用具，复习好与该教学项目相关的已学知识内容，利用网络收集相关资料。

4. 任务分解及课时分配

任务分解及课时分配表

教学项目	任务	任务分解	课时
绘制空中赛场	绘制空中赛场全景概况	1. 参观各种因比赛项目不同而各异的比赛场地特点 2. 通过观看动画片中图片、视频，进一步分析有关各种赛场的风格特点及表现方法 3. 结合项目要求进一步分析项目中空中赛场的环境特点，并进行相应的速写训练 4. 进行相应的色彩写生，感受空中赛场的气氛渲染 5. 对大量写生素材进行重新组合整理，根据项目要求绘制空中赛场全景概况	18
	绘制各种比赛道具	1. 观察各种比赛道具的结构特点 2. 通过观看动画片中图片、视频，进一步分析比赛各种道具的特征及表现方法 3. 结合项目要求进一步分析比赛道具的特征，并进行相应的速写训练 4. 进行相应的色彩写生，体会各种比赛道具对项目主题的衬托作用 5. 对大量写生素材进行重新组合整理，根据项目要求绘制各种比赛道具	18

续表

教学项目	任务	任务分解	课时
绘制空中赛场	绘制空中辅助道具	1. 观察空中飞行的各种器物的质感、造型等特点 2. 观看动画片中相关图片、视频，进一步分析各种空中飞行物的特点及表现方法 3. 结合项目要求进一步分析各种空中辅助道具的特征，并进行相应的速写训练 4. 进行相应的色彩写生，体会各种空中辅助道具对项目主题的衬托作用 5. 对大量写生素材进行重新组合整理，根据项目要求绘制空中辅助道具（如热气球、飞船、飞机等）	18

5. 项目考核

职业功能模块教学项目过程考核评价表

项目名称：绘制空中赛场

班级：　　　　姓名：　　　　学号：　　　　指导老师：

评价项目	评价标准	评价依据（信息、佐证）	评价方式			权重	得分小计
			小组评价	学校评价	企业评价		
			0.1	0.9			
职业素质	1. 遵守企业管理规定、劳动纪律 2. 按时完成学习及工作任务 3. 工作积极主动，勤学好问	考勤表、教学日志				0.2	
专业能力	1. 基础知识牢固，透视准确	透视稿				0.1	
	2. 技法熟练，构图饱满，色彩明快	背景正稿				0.2	
	3. 背景绘制符合设计稿要求，气氛渲染准确	背景正稿				0.4	
创新能力	风格定位准确	背景正稿				0.1	
指导教师综合评价	指导老师签名：　　　　日期：						

注：1. 此表一式两份，一份由院校存档，一份入预备技师学籍档案。

2. 考核成绩均为百分制。

教学项目五　绘制鸟瞰黎明前的城市

1. 项目内容

1.1 掌握鸟瞰城市的画面效果，并准确绘制

1.2 观察黎明前的天空，掌握其特点，并准确绘制

1.3 按照设计稿的要求绘制鸟瞰黎明前的城市背景

2. 项目要求

2.1 能绘制鸟瞰的城市

2.2 能绘制黎明前的天空

3. 教学资源

3.1 师资队伍

由专业骨干教师及企业专家组成，教师需具备本专业工程师、讲师以上职称或技师、高级技师国家职业资格。

3.2 实习场所及教学设备

主要实习场所及教学设备配置表

项目名称：绘制鸟瞰黎明前的城市

序号	实习场所名称	设备序号	设备名称	数量	工位数	设备功能	备注
1	背景绘制室	1	学生电脑	20套	20	学习、实训	
		2	数位屏	21套	21	显示、绘图	
		3	教师电脑	1套	1	讲课、示范	
		4	投影设备	1套	1	演示教学	
		5	音箱	1套	1	收听	
		6	数码相机	1套	1	拍摄参考素材	
		7	移动硬盘	1块	1	存储	
		8	背景绘制软件	21套	21	处理制作	
设备总数：			67				

注：此表按20人配置。

3.3 教师准备

准备与该教学目标相匹配的设计稿和范例，为完成该教学目标进行必要的写生安排，完成该教学目标的其他相关知识分析。

3.4 学生准备

准备充分的写生、制图用具，复习好与该教学项目相关的已学知识内容，利用网络收集相关资料。

4. 任务分解及课时分配

任务分解及课时分配表

教学项目	任务	任务分解	课时
绘制鸟瞰黎明前的城市	绘制鸟瞰的城市	1. 观察现实生活中城市的布局，分析鸟瞰城市的特点 2. 观看动画片中有关城市鸟瞰的内容，进一步分析鸟瞰城市效果绘制的特点 3. 结合项目要求进一步分析项目中鸟瞰城市的特点，并进行相应的速写训练 4. 进行城市景象的鸟瞰效果色彩写生，感受气氛 5. 对大量写生素材进行重新组合整理，根据项目要求绘制鸟瞰城市景象，主体突出，层次关系明确	16

续表

教学项目	任务	任务分解	课时
绘制鸟瞰黎明前的城市	绘制黎明前的天空	1. 观察现实生活中黎明前的天空，并结合相关照片、视频，分析黎明前天空的特点 2. 观看动画片中有黎明的图片、视频，进一步分析其特点及表现方法 3. 结合项目要求进一步分析项目中黎明前天空的特点与城市环境之间的层次关系，并进行相应的速写训练 4. 进行黎明前天空的色彩写生，体会此任务在项目中的作用 5. 对大量写生素材，进行重新组合整理，根据项目要求绘制黎明前的天空	14

5. 项目考核

职业功能模块教学项目过程考核评价表

项目名称：绘制鸟瞰黎明前的城市

班级：　　　　姓名：　　　　学号：　　　　指导老师：

评价项目	评价标准	评价依据（信息、佐证）	评价方式			权重	得分小计
			小组评价	学校评价	企业评价		
			0.1	0.9			
职业素质	1. 遵守企业管理规定、劳动纪律 2. 按时完成学习及工作任务 3. 工作积极主动，勤学好问	考勤表、教学日志				0.2	
专业能力	1. 基础知识牢固，透视准确	透视稿				0.1	
	2. 技法熟练，构图饱满，色彩明快	背景正稿				0.2	
	3. 背景绘制符合设计稿要求，气氛渲染准确	背景正稿				0.4	
创新能力	能增添道具器物，有效烘托主题	背景正稿				0.1	
指导教师综合评价	指导老师签名：　　　　日期：						

注：1. 此表一式两份，一份由院校存档，一份入预备技师学籍档案。
2. 考核成绩均为百分制。

教学项目六　绘制返航渔船

1. 项目内容

1.1 观察海岸和沙滩，掌握其景色特点并加以绘制

1.2 观察渔船，掌握其结构特点并加以准确绘制

1.3 观察大海、天空，掌握其特点并加以准确绘制

1.4 按照设计稿的要求，完成海边返航渔船背景的绘制

2. 项目要求

2.1 能绘制大海、天空

2.2 能绘制海岸和沙滩景色

2.3 能绘制返航渔船

3. 教学资源

3.1 师资队伍

由专业骨干教师及企业专家组成，教师需具备本专业工程师、讲师以上职称或技师、高级技师国家职业资格。

3.2 实习场所及教学设备

主要实习场所及教学设备配置表

项目名称：绘制返航渔船

序号	实习场所名称	设备序号	设备名称	数量	工位数	设备功能	备注
1	背景绘制室	1	学生电脑	20套	20	学习、实训	
		2	数位屏	21套	21	显示、绘图	
		3	教师电脑	1套	1	讲课、示范	
		4	投影设备	1套	1	演示教学	
		5	音箱	1套	1	收听	
		6	数码相机	1套	1	拍摄参考素材	
		7	移动硬盘	1块	1	存储	
		8	背景绘制软件	21套	21	处理制作	
设备总数：			67				

注：此表按20人配置。

3.3 教师准备

准备与该教学目标相匹配的设计稿和范例，为完成该教学目标进行必要的写生安排，完成与该教学目标的相关知识的分析。

3.4 学生准备

准备充分的写生、制图用具，复习好与该教学项目相关的已学知识内容，利用网络收集相关资料。

4. 任务分解及课时分配

任务分解及课时分配表

教学项目	任务	任务分解	课时
绘制返航渔船	绘制大海和天空	1. 观察现实生活中的天空以及相关图片、视频中天空的形态，分析天空的特点 2. 观看动画片中有关天空的内容，进一步分析天空特点及表现方法 3. 结合项目要求进一步分析海上天空景象的表现方法，并进行相应的速写训练 4. 进行海上天空的色彩写生，感受气氛 5. 对大量写生素材进行重新组合整理，根据项目要求绘制海边天空，其表现效果能起到烘托主题的作用	8
	绘制海岸和沙滩的景色	1. 观察现实生活中或电影中海浪和沙滩的景象 2. 观看动画片中有关海浪和沙滩的内容，进一步分析其特点和表现方法，体会此任务中海浪与渔船的关系 3. 结合项目要求进一步分析项目中海浪和沙滩的景象，并进行相应的速写训练 4. 进行海岸和沙滩的色彩写生，体会此任务在项目中的作用 5. 对大量写生素材进行重新组合整理，根据项目要求绘制海边和沙滩景色	8
	绘制返航渔船	1. 观察现实生活中各种渔船的形态特征，通过相关图片资料来分析渔船的结构特点 2. 观看动画片中有关渔船的内容，进一步分析渔船在动画片中的表现方法 3. 结合项目要求进一步分析项目中渔船的特点，并进行相应的速写训练 4. 进行返航渔船的色彩写生，体会此任务在项目中的重要作用 5. 对大量写生素材进行重新组合整理，根据项目要求绘制返航渔船	8

5. 项目考核

职业功能模块教学项目过程考核评价表

项目名称：绘制返航渔船

班级：　　姓名：　　学号：　　指导老师：

评价项目	评价标准	评价依据（信息、佐证）	评价方式			权重	得分小计
			小组评价	学校评价	企业评价		
			0.1	0.9			
职业素质	1. 遵守企业管理规定、劳动纪律 2. 按时完成学习及工作任务 3. 工作积极主动，勤学好问	考勤表、教学日志				0.2	
专业能力	1. 基础知识牢固，透视准确	透视稿				0.1	
	2. 技法熟练，构图饱满，色彩明快	背景正稿				0.2	
	3. 背景绘制符合设计稿要求，气氛渲染准确	背景正稿				0.4	

续表

评价项目	评价标准	评价依据（信息、佐证）	评价方式			权重	得分小计
			小组评价	学校评价	企业评价		
			0.1	0.9			
创新能力	能增添道具器物，有效烘托主题	背景正稿				0.1	
指导教师综合评价	指导老师签名： 日期：						

注：1. 此表一式两份，一份由院校存档，一份入预备技师学籍档案。

2. 考核成绩均为百分制。

设计稿创作课程大纲

1. 课程性质和任务

1.1 课程性质

本课程是电脑动画设计制作专业预备技师的一门职业能力课程。

1.2 课程任务

本课程采用以项目带动教学的方式，按照国家职业标准相关要求，从设计稿创作表现入手，领会导演总体创作意图，把握整个动画片在艺术上的风格追求，最大程度地实现原创本意，具体准确地落实分镜头中的每一个动作和表演等要求。

2. 课程内容及要求

2.1 课程内容

2.1.1 动作设计及绘制方法

2.1.2 室内、室外等空间的背景设计及绘制方法

2.1.3 道具设计及绘制方法

2.2 课程要求

通过本课程的训练，使学生能根据文字剧本和导演构思，绘制动作设计稿，绘制室内、室外等空间的背景设计稿，设计各种道具效果图。

3. 项目课时分配及考核权重

项目课时分配及考核权重表

课程名称：设计稿创作

序号	项目名称	课时	考核权重	备注
1	《狼外婆》设计稿创作	108	50%	复杂项目
2	《小老鼠与三只猫》设计稿创作	108	50%	复杂项目
合　计		216	100%	

4. 教学建议

4.1 本课程教学内容采用项目教学一体化来组织教学，教师需具备本专业工程师、讲师以上职称或技师、高级技师职业资格。

4.2 本课程的每一个教学项目都是以完整的工作过程为主线。在理论与实践的关系上，要改变“从设计稿概论—历史—类型—艺术风格—原则—思维—方法—设计稿规范”的教学理念，建议按照工作过程中活动与知识的关系来设计课程，按照工作过程的需要来选择知

识，采用以工作任务为中心，将理论与实践融为一体的课程教学。

4.3 本课程的教学任务要按照设计稿与动画工业化生产成本和工业技术流程的限制性条件来进行教学内容选择与设计，为学生提供体验完整工作过程的学习经历，积累其工作经验，促进他们完成从学习者到工作者的角色转换，形成自我负责的学习态度，并在工作实践的基础上掌握和运用理论知识，激发兴趣，主动探索。

4.4 本课程通过精心设计的项目训练来累积学生的实践经验，实行阶段学习与过程考核制。

4.5 本课程项目要求教师与学生在课前必须做好充分的教与学的准备，重视前期资料及信息的收集整理，以利于在课堂上做到师生有效互动，提高教学效率，保障教学效果。

4.6 本课程项目训练需要较大量时间来进行创意和绘制活动，建议学生不仅在课堂上进行训练，还应利用晚自习和业余时间来完成实训内容。

5. 课程考核

职业功能模块过程考核评价表

课程名称：设计稿创作

班级： 姓名： 学号： 指导教师：

序号	工作项目名称	考核权重	得分
1	《狼外婆》设计稿创作	50%	
2	《小老鼠与三只猫》设计稿创作	50%	
	合　计	100%	

教学项目一　《狼外婆》设计稿创作

1. 项目内容

通过该项目训练，使学生掌握设计稿的创作方法

2. 项目要求

2.1 能根据文字剧本和导演的构思，绘制动作设计稿

2.2 能根据文字剧本和导演的构思，绘制室内、室外等空间的背景设计稿

2.3 能根据文字剧本和导演的构思，设计各种道具效果图

2.4 符合动画工业化生产的设计稿创作

3. 教学资源

3.1 师资队伍

由专业骨干教师及企业专家组成，教师需具备本专业工程师、讲师以上职称或技师、高级技师国家职业资格。

3.2 基础设施

3.2.1 教室（80～100 平方米）内设一面高 2 米、宽 1.5 米或 1.5 米以上的大镜子，看全身动作用。

3.2.2 每个学生桌上安放一面 30 厘米×15 厘米以上的小镜子，看面部表情和口型用。

3.2.3 教室（80～100 平方米）四周安装软木板，用于钉挂造型设计草稿。

3.3 实习场所及教学设备

实习场所及教学设备

项目名称：《狼外婆》角色造型

序号	实习场所名称	设备序号	设备名称	数量	工位数	设备功能	备注
1	无纸动画制作室	1	学生电脑	20 套	20	学习、实训	
		2	数位屏	21 套	21	显示、绘图	
		3	教师电脑	1 套	1	讲课、示范	
		4	投影设备	1 套	1	演示教学	
		5	音箱	1 套	1	收听	
		6	数码相机	1 台	1	拍摄教学资料	
		7	移动硬盘	1 块	1	存储	
		8	无纸动画软件	21 套	21	处理制作	
设备总数：			67				

注：此表按 20 人配置。

3.4 教师准备

3.4.1 整理好历届学生或老师的原创动画短片中的设计稿资料范图，将其作为教学案例。

3.4.2 收集优秀动画影片视频资料片段中典型镜头定格截屏图，用于剖析其与设计稿的关系。

3.4.3 列举关于《设计稿》的参考书目、专业网站地址资料。

3.5 学生准备

3.5.1 复习前导课程“分镜头画面设计”知识。

3.5.2 上网收集狼、小兔子角色造型的相关资料图片。

3.5.3 阅读《设计稿》相关图书资料，预习设计稿基础知识，了解设计稿的类型、艺术风格与设计流程。

3.5.4 准备好规格板、彩色铅笔、尺子和动画纸。

4. 任务分解及课时分配

任务分解及课时分配表

教学项目	任务	任务分解	课时
《狼外婆》设计稿创作	1. 设计小兔子蹦蹦跳跳前往外婆家 2. 设计小兔子遇见了大灰狼 3. 设计狼到了外婆家，穿上外婆的衣服 4. 设计小兔子在外婆家遇见大灰狼	1. 准备好已完成的角色造型、画面分镜头 2. 把画框设计稿严格确定下来，明确镜头拍摄的空间，定义镜头的动作以及画框的位置和大小 3. 准确标示镜头移动 4. 创作背景设计稿 5. 创作背景移动设计稿 6. 创作动作设计稿	108

5. 项目考核

职业功能模块教学项目过程考核评价表

项目名称：《狼外婆》设计稿创作

班级：　　　　　姓名：　　　　　学号：　　　　　指导老师：

评价项目	评价标准	评价依据（信息、佐证）	评价方式			权重	得分小计
			小组评价	学校评价	企业评价		
			0.1	0.9			
职业素质	1. 遵守企业管理规定、劳动纪律 2. 按时完成学习及工作任务 3. 工作积极主动，勤学好问	考勤表、教学日志				0.2	
专业能力	1. 准确标示镜头移动	镜头移动标示图				0.1	
	2. 绘制背景设计草稿	背景设计稿草稿				0.2	
	3. 绘制背景移动设计稿	背景移动设计稿正稿				0.1	
	4. 绘制动作设计稿	动作设计稿正稿				0.1	
	5. 设计各种道具效果图	道具效果图正稿				0.1	
	6. 设计稿符合动画工业化生产	该项目的全套设计稿				0.1	
创新能力	创作动作设计稿	动作设计稿正稿				0.1	
指导教师综合评价	指导老师签名：			日期：			

注：1. 此表一式两份，一份由院校存档，一份入预备技师学籍档案。

2. 考核成绩均为百分制。

教学项目二 《小老鼠与三只猫》设计稿创作

1. 项目内容

通过本项目训练，使学生掌握设计稿的创作方法。

2. 项目要求

2.1 能根据文字剧本和导演的构思，绘制动作设计稿

2.2 能根据文字剧本和导演的构思，绘制室内、室外等空间的背景设计稿

2.3 能根据文字剧本和导演的构思，设计各种道具效果图

2.4 设计稿符合动画工业化生产

3. 教学资源

3.1 师资队伍

由专业骨干教师及企业专家组成，教师需具备本专业工程师、讲师以上职称或技师、高级技师国家职业资格。

3.2 基础设施

3.2.1 教室（80～100 平方米）内设一面高 2 米、宽 1.5 米或 1.5 米以上的大镜子，看全身动作用。

3.2.2 每个学生桌上安放一面 30 厘米×15 厘米以上的小镜子，看面部表情和口型用。

3.2.3 教室（80～100 平方米）四周安装软木板，用于钉挂造型设计草稿。

3.3 实习场所及教学设备

实习场所及教学设备

项目名称：《小老鼠与三只猫》角色造型

序号	实习场所名称	设备序号	设备名称	数量	工位数	设备功能	备注
1	无纸动画制作室	1	学生电脑	20 套	20	学习、实训	
		2	数位屏	21 套	21	显示、绘图	
		3	教师电脑	1 套	1	讲课、示范	
		4	投影设备	1 套	1	演示教学	
		5	音箱	1 套	1	收听	
		6	数码相机	1 台	1	拍摄教学资料	
		7	移动硬盘	1 块	1	存储	
		8	无纸动画软件	21 套	21	处理制作	
设备总数：			67				

注：此表按 20 人配置。

3.4 教师准备

3.4.1 整理好历届学生或老师的原创动画短片中的设计稿资料范图，以其作为教学

案例。

3.4.2 收集优秀动画影片视频资料片段中典型镜头定格截屏图，用于剖析其与设计稿的关系。

3.4.3 列举关于《设计稿》的参考书目、专业网站地址资料。

3.5 学生准备

3.5.1 复习前导课程“分镜头画面设计”知识。

3.5.2 上网收集猫、小老鼠角色造型的相关资料图片。

3.5.3 阅读《设计稿》相关图书资料，预习设计稿基础知识，了解设计稿的类型、艺术风格与设计流程。

3.5.4 准备好规格板、彩色铅笔、尺子、动画纸。

4. 任务分解及课时分配

任务分解及课时分配表

教学项目	任务	任务分解	课时
《小老鼠与三只猫》设计稿创作	1. 设计三只猫发现它们的早餐不能吃了，然后就出门了 2. 设计小老鼠闯入，吃了猫宝宝的三明治 3. 设计小老鼠躺在猫宝宝的床上 4. 设计三只猫回家了，发现了这个不速之客 5. 设计小老鼠逃走了	1. 准备好已完成的角色造型、画面分镜头 2. 把画框设计稿严格确定下来，明确镜头拍摄的空间，定义镜头的动作以及画框的位置和大小 3. 准确标示镜头移动 4. 创作背景设计稿 5. 创作背景移动设计稿 6. 创作动作设计稿	108

5. 项目考核

职业功能模块教学项目过程考核评价表

项目名称：《小老鼠与三只猫》设计稿创作

班级： 姓名： 学号： 指导老师：

评价项目	评价标准	评价依据（信息、佐证）	评价方式			权重	得分小计
			小组评价	学校评价	企业评价		
			0.1	0.9			
职业素质	1. 遵守企业管理规定、劳动纪律 2. 按时完成学习及工作任务 3. 工作积极主动，勤学好问	考勤表、作业评价表				0.2	
专业能力	1. 准确标示镜头移动	镜头移动标示图				0.1	
	2. 绘制背景设计稿	背景设计稿正稿				0.2	
	3. 绘制背景移动设计稿	背景移动设计稿正稿				0.1	
	4. 绘制动作设计稿	动作设计稿正稿				0.1	

续表

评价项目	评价标准	评价依据（信息、佐证）	评价方式			权重	得分小计
			小组评价	学校评价	企业评价		
			0.1	0.9			
专业能力	5. 设计各种道具效果图	道具效果图正稿				0.1	
	6. 设计稿符合动画工业化生产	该项目的全套设计稿				0.1	
创新能力	创作动作设计稿	动作设计稿正稿				0.1	
指导教师综合评价	指导老师签名：			日期：			

注：1. 此表一式两份，一份由院校存档，一份入预备技师学籍档案。

2. 考核成绩均为百分制。

角色造型课程大纲

1. 课程性质和任务

1.1 课程性质

本课程是电脑动画设计制作专业预备技师的一门职业能力课程。

1.2 课程任务

本课程采用以项目带动教学的方式，按照国家职业标准相关要求，从动画角色造型表现依据入手，对动画角色造型及风格进行分析与探讨，理解动画角色造型表现的内容，通过动画特有的造型表现方式来展示角色的性格，传达动画艺术的意念与审美。

2. 课程内容及要求

2.1 课程内容

2.1.1 人物的角色造型特点及实现方法

2.1.2 植物的拟人化角色造型及实现方法

2.1.3 动物的拟人化角色造型及实现方法

2.1.4 非生命物体及妖魔怪物的角色造型及实现方法

2.2 课程要求

通过本课程的训练，使学生能按照剧情及导演的要求设计角色正面、侧面、背面等多角度造型；能设计角色口型、表情的示范图；能设计角色的动作示范图；能进行角色的色彩设计。同时该课程在教学过程中，要注意培养学生具有动画工业经济意识，处理好角色造型艺术与工业化生产成本、工业技术流程和衍生产品规划的关系。

3. 项目课时分配及考核权重

项目课时分配及考核权重表

课程名称：角色造型

序号	项目名称	课时	考核权重	备注
1	《我的学校我的家》角色造型	56	26%	大项目
2	《水果部落》角色造型	40	19%	小项目
3	《动物乐园》角色造型	50	23%	中项目
4	《妖魔怪物大观园》角色造型	40	19%	复杂项目
5	《幻想国》角色造型	30	13%	综合项目
合　计		216	100%	

4. 教学建议

4.1 本课程教学内容采用项目教学一体化来组织教学，教师需具备本专业工程师、讲师以上职称或技师、高级技师职业资格。

4.2 本课程的每一个教学项目，都是以完整工作过程为主线。在理论与实践的关系上，要改变“从角色造型概论—历史—类型—艺术风格—原则—思维—方法—角色造型规范”的教学理念，建议按照工作过程中活动与知识的关系来设计课程，按照工作过程的需要来选择知识，采用以工作任务为中心，理论与实践融为一体的课程教学。

4.3 本课程的教学任务，要按照角色造型艺术与动画工业化生产成本、工业技术流程和衍生产品规划的限制性条件来进行教学内容选择与设计，为学生提供体验完整工作过程的学习经历，使其积累工作经验，促进他们从学习者到工作者角色的转换，形成自我负责的学习态度，并在工作实践的基础上掌握和运用理论知识，激发兴趣，主动探索。

4.4 本课程通过精心设计的项目训练来丰富学生的实践经验，实行阶段学习与过程考核制。

4.5 本课程项目要求教师与学生在课前必须做好充分的教与学的准备，重视前期资料及信息的收集整理，以利于在课堂上做到师生有效互动，提高教学效率，保障教学效果。

4.6 本课程项目训练需要较大量时间来进行创意和绘制活动，建议学生不仅在规定课堂上进行训练，还应利用晚自习和业余时间来完成实训内容。

5. 课程考核

职业功能模块过程考核评价表

课程名称：角色造型

班级：　　姓名：　　学号：　　指导教师：

序号	工作项目名称	考核权重	得分
1	《我的学校我的家》角色造型	26%	
2	《水果部落》角色造型	19%	
3	《动物乐园》角色造型	23%	
4	《妖魔怪物大观园》角色造型	19%	
5	《幻想国》角色造型	13%	
合　计		100%	

教学项目一 《我的学校我的家》角色造型

1. 项目内容

通过本项目训练，使学生掌握人物角色造型的设计方法。

2. 项目要求

2.1 能设计人物角色的正面、侧面、背面等多角度造型

2.2 能设计人物角色的表情、口型示范图

2.3 能设计人物角色的代表性动作造型

2.4 能用标准化方式准确界定角色的色彩

2.5 能对人物角色造型工业化生产及衍生产品进行规划

3. 教学资源

3.1 师资队伍

由专业骨干教师及企业专家组成，教师需具备本专业工程师、讲师以上职称或技师、高级技师国家职业资格。

3.2 基础设施

3.2.1 教室（80～100 平方米）内设一面高 2 米、宽 1.5 米或 1.5 米以上的大镜子，看全身动作用。

3.2.2 每个学生桌上安放一面 30 厘米×15 厘米以上的小镜子，看面部表情和口型用。

3.2.3 教室（80～100 平方米）四周安装软木板，用于钉挂造型设计草稿。

3.3 实习场所及教学设备

实习场所及教学设备

项目名称：《我的学校我的家》角色造型

序号	实习场所名称	设备序号	设备名称	数量	工位数	设备功能	备注
1	无纸动画制作室	1	学生电脑	20 套	20	学习、实训	
		2	数位屏	21 套	21	显示、绘图	
		3	教师电脑	1 套	1	讲课、示范	
		4	投影设备	1 套	1	演示教学	
		5	音箱	1 套	1	收听	
		6	数码相机	1 台	1	拍摄教学资料	
		7	移动硬盘	1 块	1	存储	
		8	无纸动画软件	21 套	21	处理制作	
设备总数：			67				

注：此表按 20 人配置。

3.4 教师准备

3.4.1 整理好原创动画短片《神经学园》中的角色造型资料范图，将其作为教学案例。

3.4.2 收集好电视情景剧《我爱我家》《家有儿女》的视频资料及剧中典型人物角色造型定格截屏图。

3.4.3 列举关于《角色造型》的参考书目、专业网站地址资料。

3.5 学生准备

3.5.1 复习前导课程知识“人体结构”，默画人的站立姿态下正面、侧面骨骼及肌肉造型。

3.5.2 上网收集人物角色造型的相关资料图片。

3.5.3 阅读《角色造型》相关图书资料，预习角色造型基础知识，了解角色造型的类

型、艺术风格与设计流程。

4. 任务分解及课时分配

任务分解及课时分配表

教学项目	任务	任务分解	课时
《我的学校我的家》角色造型	1. 设计一个阳光、勇敢、有正义感的男同学角色造型 2. 设计一个粗壮、蛮横有点邪气的男同学角色造型 3. 设计一个刻苦学习、钻研学问但有些高傲、固执、自私的男同学角色造型 4. 设计一个机灵、瘦小、喜欢捉弄人的男同学角色造型 5. 设计一个老实敦厚、自卑、有点木讷、经常被欺负的男同学角色造型 6. 设计一个漂亮但有些忧郁的女同学角色造型 7. 设计一个娇小可爱的女同学角色造型 8. 设计一个严厉的、学习成绩优秀的女班干部角色造型	1. 观察生活，在生活中物色原型，通过速写收集素材 2. 将构思视觉化，转化为草图，不断定位、论证、推敲、修正，甚至在多个草图中探讨最合理的表现手法，对角色造型整体进行基本形的归纳和确定 3. 将确定的草图绘制成精美的正稿，同时论证表现的风格形式是否适用于整个动画生产的规划 4. 根据剧情的需要，可给角色加上多个细节部件，让角色形象显得更加饱满，这些细节包括服饰、道具等 5. 绘制角色的转面图 6. 用标准化方式准确界定角色的色彩，绘制角色的表情、口型示范图 7. 绘制角色的服装规范图 8. 绘制角色的代表性动作造型 9. 绘制角色造型比例图 10. 角色衍生产品规划	36
	1. 设计一个“妻管严”、幽默的爸爸角色造型 2. 设计一个唠叨的喜欢减肥、化妆的妈妈角色造型 3. 设计自己的角色造型 4. 设计一个爱管闲事的、严肃的爷爷角色造型 5. 设计一个乐呵呵的、热心的、和蔼的奶奶角色造型		20

5. 项目考核

职业功能模块教学项目过程考核评价表

项目名称：《我的学校我的家》角色造型

班级：　　　　姓名：　　　　学号：　　　　指导老师：

评价项目	评价标准	评价依据（信息、佐证）	评价方式			权重	得分小计
			小组评价	学校评价	企业评价		
			0.1	0.9			
职业素质	1. 遵守企业管理规定、劳动纪律 2. 按时完成学习及工作任务 3. 工作积极主动，勤学好问	考勤表、教学日志				0.2	

续表

评价项目	评价标准	评价依据（信息、佐证）	评价方式			权重	得分小计
			小组评价	学校评价	企业评价		
			0.1	0.9			
专业能力	1. 收集素材	关于角色的速写稿				0.05	
	2. 角色造型草图绘制	角色造型草图稿				0.05	
	3. 绘制角色的转面图	角色的转面图				0.1	
	4. 界定角色的色彩	色彩规范图				0.1	
	5. 绘制角色的表情、口型示范图	角色的表情、口型示范图				0.1	
	6. 绘制角色的服装规范图	角色的服装规范图				0.1	
	7. 绘制角色的代表性动作造型	角色的代表性动作造型图				0.1	
	8. 绘制角色造型比例图	角色造型比例图				0.1	
创新能力	论证角色造型表现的风格形式是否适用于整个动画生产的规划	策划报告书				0.1	
指导教师综合评价	指导老师签名：		日期：				

注：1. 此表一式两份，一份由院校存档，一份人预备技师学籍档案。
2. 考核成绩均为百分制。

教学项目二 《水果部落》角色造型

1. 项目内容

通过本项目训练，使学生掌握蔬菜瓜果拟人化角色造型的设计方法。

2. 项目要求

2.1 能设计蔬菜瓜果拟人化角色的正面、侧面、背面等多角度造型
2.2 能设计蔬菜瓜果拟人化角色的表情、口型示范图
2.3 能设计蔬菜瓜果拟人化角色的代表性动作造型
2.4 能用标准化方式准确界定角色的色彩
2.5 能对蔬菜瓜果拟人化角色造型工业化生产及衍生产品进行规划

3. 教学资源

3.1 师资队伍

由专业骨干教师及企业专家组成，教师需具备本专业工程师、讲师以上职称或技师、高级技师国家职业资格。

3.2 基础设施

3.2.1 教室（80～100 平方米）内设一面高 2 米、宽 1.5 米或 1.5 米以上的大镜子，看全身动作用。

3.2.2 每个学生桌上安放一面 30 厘米×15 厘米以上的小镜子，看面部表情和口型用。

3.2.3 教室（80～100 平方米）四周安装软木板，用于钉挂造型设计草稿。

3.3 实习场所及教学设备

实习场所及教学设备

项目名称：《水果部落》角色造型

序号	实习场所名称	设备序号	设备名称	数量	工位数	设备功能	备注
1	无纸动画制作室	1	学生电脑	20 套	20	学习、实训	
		2	数位屏	21 套	21	显示、绘图	
		3	教师电脑	1 套	1	讲课、示范	
		4	投影设备	1 套	1	演示教学	
		5	音箱	1 套	1	收听	
		6	数码相机	1 台	1	拍摄教学资料	
		7	移动硬盘	1 块	1	存储	
		8	无纸动画软件	21 套	21	处理制作	
设备总数：				67			

注：此表按 20 人配置。

3.4 教师准备

3.4.1 整理好原创动画短片《水果总动员》中的角色造型资料范图，将其作为教学案例。

3.4.2 收集经典的蔬菜瓜果拟人化角色造型资料范图。

3.5 学生准备

3.5.1 到商场察水果原型，通过速写、数码拍摄、网络收集素材。

3.5.2 上网收集蔬菜瓜果拟人化角色造型的相关资料图片。

4. 任务分解及课时分配

任务分解及课时分配表

教学项目	任务	任务分解	课时
《水果部落》角色造型	1. 设计10种水果的拟人化角色造型 2. 结合不同水果品种本身的特色，赋予其动作形态，达到系列作品的丰富效果	1. 到商场察水果原型，通过速写、数码拍摄、网络收集素材 2. 将构思视觉化，转化为草图，不断定位、论证、推敲、修正，甚至在多个草图中探讨最合理的表现手法，对角色造型整体进行基本形的归纳和确定 3. 将确定的草图绘制成精美的正稿，同时论证表现的风格形式是否适用于整个动画生产的规划 4. 根据剧情的需要，可给角色加上多个细节部件来让角色形象显得更加饱满，这些细节包括服饰、道具等 5. 绘制角色的转面图 6. 用标准化方式准确界定角色的色彩 7. 绘制角色的表情、口型示范图 8. 绘制角色的服装规范图 9. 绘制角色的代表性动作造型 10. 绘制角色造型比例图 11. 角色衍生产品规划	40

5. 项目考核

职业功能模块教学项目过程考核评价表

项目名称：《水果部落》角色造型

班级：	姓名：	学号：	指导老师：				
评价项目	评价标准	评价依据（信息、佐证）	评价方式			权重	得分小计
			小组评价	学校评价	企业评价		
			0.1	0.9			
职业素质	1. 遵守企业管理规定、劳动纪律 2. 按时完成学习及工作任务 3. 工作积极主动，勤学好问	考勤表、教学日志				0.2	
专业能力	1. 收集素材	与角色相关的素材				0.05	
	2. 角色造型	角色造型正稿				0.05	
	3. 绘制角色的转面图	角色的转面图				0.1	
	4. 界定角色的色彩	色彩规范图				0.1	
	5. 绘制角色的表情、口型示范图	角色的表情、口型示范图				0.1	
	6. 绘制角色的服装规范图	角色的服装规范图				0.1	

续表

评价项目	评价标准	评价依据（信息、佐证）	评价方式			权重	得分小计
			小组评价	学校评价	企业评价		
			0.1	0.9			
专业能力	7. 绘制角色的代表性动作造型	角色的代表性动作造型				0.1	
	8. 绘制角色造型比例图	角色造型比例图				0.1	
创新能力	论证角色造型表现的风格形式是否适用于整个动画生产的规划	策划报告书				0.1	
指导教师综合评价	指导老师签名：		日期：				

注：1. 此表一式两份，一份由院校存档，一份入预备技师学籍档案。

2. 考核成绩均为百分制。

教学项目三 《动物乐园》角色造型

1. 项目内容

通过本项目训练，使学生掌握动物角色造型的设计方法。

2. 项目要求

2.1 能设计动物拟人化角色的正面、侧面、背面等多角度造型

2.2 能设计动物拟人化角色的表情、口型示范图

2.3 能设计动物拟人化角色的代表性动作造型

2.4 能用标准化方式准确界定角色的色彩

2.5 能对动物拟人化角色造型工业化生产及衍生产品进行规划

3. 教学资源

3.1 师资队伍

由专业骨干教师及企业专家组成，教师需具备本专业工程师、讲师以上职称或技师、高级技师国家职业资格。

3.2 基础设施

3.2.1 教室（80～100 平方米）内设一面高 2 米、宽 1.5 米或 1.5 米以上的大镜子，看全身动作用。

3.2.2 每个学生桌上安放一面 30 厘米×15 厘米以上的小镜子，看面部表情和口型用。

3.2.3 教室（80～100 平方米）四周安装软木板，用于钉挂造型设计草稿。

3.3 实习场所及教学设备

实习场所及教学设备

项目名称：《动物乐园》角色造型

序号	实习场所名称	设备序号	设备名称	数量	工位数	设备功能	备注
1	无纸动画制作室	1	学生电脑	20套	20	学习、实训	
		2	数位屏	21套	21	显示、绘图	
		3	教师电脑	1套	1	讲课、示范	
		4	投影设备	1套	1	演示教学	
		5	音箱	1套	1	收听	
		6	数码相机	1台	1	拍摄教学资料	
		7	移动硬盘	1块	1	存储	
		8	无纸动画软件	21套	21	处理制作	
设备总数：			67				

注：此表按20人配置。

3.4 教师准备

3.4.1 整理好原创动画短片《十二生肖》系列中的角色造型资料范图做教学案例。

3.4.2 收集经典的动物拟人化角色造型资料范图。

3.5 学生准备

3.5.1 到动物园及野外观察动物、昆虫原型，通过速写或数码拍摄收集素材。

3.5.2 上网收集动物拟人化角色造型的相关资料图片。

4. 任务分解及课时分配

任务分解及课时分配表

教学项目	任务	任务分解	课时
《动物乐园》角色造型	1. 设计一头飞扬跋扈的猪的角色造型 2. 设计一头聪明的小鹿的角色造型 3. 设计一只会武功的老虎的角色造型 4. 设计一只爱打扮的老鼠的角色造型 5. 设计一只和蔼的鹅大妈的角色造型 6. 设计一条妩媚的蝗虫的角色造型 7. 设计一条乖乖的毛毛虫的角色造型 8. 设计一只郁闷的蜜蜂的角色造型 9. 设计一只美丽的蝴蝶仙子的角色造型 10. 设计一只傲慢的甲壳虫的角色造型	1. 到动物园及野外观察动物、昆虫原型，通过速写或数码拍摄收集素材 2. 将构思视觉化，转化为草图，不断定位、论证、推敲、修正，甚至在多个草图中探讨最合理的表现手法，对角色造型整体进行基本形的归纳和确定 3. 将确定的草图绘制成精美的正稿，同时论证表现的风格形式是否适用于整个动画生产的规划 4. 根据剧情的需要，可给角色加上多个细节部件，让角色形象显得更加饱满，这些细节包括服饰、道具等 5. 绘制角色的转面图 6. 用标准化方式准确界定角色的色彩 7. 绘制角色的表情、口型示范图 8. 绘制角色的服装规范图 9. 绘制角色的代表性动作造型 10. 绘制角色造型比例图 11. 角色衍生产品规划	30
	1. 分别设计出狗的三种性格形象（可爱、傲慢、凶猛）角色造型 2. 分别设计出猫的三种性格形象（伤心、狂妄不羁、狡诈）角色造型 3. 分别设计出马的三种性格形象（暴躁、温和、呆傻）角色造型 4. 分别设计出鸟的两种性格形象（沮丧、可爱）的角色造型		20

5. 项目考核

职业功能模块教学项目过程考核评价表

项目名称：《动物乐园》角色造型

班级：　　　　　　　　姓名：　　　　　　　　学号：　　　　　　　　指导老师：

评价项目	评价标准	评价依据（信息、佐证）	评价方式			权重	得分小计
			小组评价	学校评价	企业评价		
			0.1	0.9			
职业素质	1. 遵守企业管理规定、劳动纪律 2. 按时完成学习及工作任务 3. 工作积极主动，勤学好问	考勤表、教学日志				0.2	
专业能力	1. 收集素材	关于角色的速写稿				0.05	
	2. 角色造型	角色造型正稿				0.05	
	3. 绘制角色的转面图	角色的转面图				0.1	
	4. 界定角色的色彩	色彩规范图				0.1	
	5. 绘制角色的表情、口型示范图	角色的表情、口型示范图				0.1	
	6. 绘制角色的服装规范图	角色的服装规范图				0.1	
	7. 绘制角色的代表性动作造型	角色的代表性动作造型				0.1	
	8. 绘制角色造型比例图	角色造型比例图				0.1	
创新能力	分别设计出同一动物的三种性格形象的角色造型	角色造型正稿				0.1	
指导教师综合评价	指导老师签名：　　　　　　　　日期：						

注：1. 此表一式两份，一份由院校存档，一份入预备技师学籍档案。

2. 考核成绩均为百分制。

教学项目四　《妖魔怪物大观园》角色造型

1. 项目内容

通过本项目训练，使学生掌握妖魔怪物角色造型的设计方法。

2. 项目要求

2.1 能设计妖魔怪物角色的正面、侧面、背面等多角度造型

2.2 能设计妖魔怪物角色的表情、口型示范图

2.3 能设计妖魔怪物角色的代表性动作造型

2.4 能用标准化方式准确界定角色的色彩

2.5 能对妖魔怪物角色造型工业化生产及衍生产品进行规划

3. 教学资源

3.1 师资队伍

由专业骨干教师及企业专家组成，教师需具备本专业工程师、讲师以上职称或技师、高级技师国家职业资格。

3.2 基础设施

3.2.1 教室（80～100 平方米）内设一面高 2 米、宽 1.5 米或 1.5 米以上的大镜子，看全身动作用。

3.2.2 每个学生桌上安放一面 30 厘米×15 厘米以上的小镜子，看面部表情和口型用。

3.2.3 教室（80～100 平方米）四周安装软木板，用于钉挂造型设计草稿。

3.3 实习场所及教学设备

实习场所及教学设备

项目名称：《妖魔怪物大观园》角色造型

序号	实习场所名称	设备序号	设备名称	数量	工位数	设备功能	备注
1	无纸动画制作室	1	学生电脑	20 套	20	学习、实训	
		2	数位屏	21 套	21	显示、绘图	
		3	教师电脑	1 套	1	讲课、示范	
		4	投影设备	1 套	1	演示教学	
		5	音箱	1 套	1	收听	
		6	数码相机	1 台	1	拍摄教学资料	
		7	移动硬盘	1 块	1	存储	
		8	无纸动画软件	21 套	21	处理制作	
设备总数：			67				

注：此表按 20 人配置。

3.4 教师准备

3.4.1 整理好原创动画短片《新三打白骨精》《网盾八式》中的角色造型资料范图，将其作为教学案例。

3.4.2 收集经典的妖魔怪物角色造型资料范图。

3.5 学生准备

3.5.1 阅读中国神话传说和西方神话传说，了解中国神话传说和西方神话传说中对妖魔怪物角色描述。

3.5.2 收集“变形金刚”“高达”等机械类实物。

3.5.3 上网收集中国神话传说和西方神话传说中的妖魔怪物角色造型的相关资料图片。

4. 任务分解及课时分配

任务分解及课时分配表

教学项目	任务	任务分解	课时
《妖魔怪物大观园》角色造型	1. 根据中国神话传说中的记述设计怪兽，从设定的剧情片段中任选其中三个对象进行角色造型设计 2. 根据西方神话传说中的记述设计怪兽，从设定的剧情片段中任选其中三个进行角色造型设计 3. 非生命物体的拟人化角色造型 4. 模拟人的机械角色造型 5. 模拟昆虫的机械角色造型 6. 模拟鱼的机械角色造型	1. 收集、精读与剧情相关的历史文化知识书籍，补充相关的常识并进行文化积累，通过拍摄、扫描或网络等手段收集相关的素材 2. 将构思视觉化，转化为草图，不断定位、论证、推敲、修正，甚至在多个草图中探讨最合理的表现手法，对角色造型进行整体基本形的归纳和确定 3. 将确定的草图绘制成精美的正稿，同时论证表现的风格形式是否适用于整个动画生产的规划 4. 根据剧情的需要，可给角色加上多个细节部件，让角色形象显得更加饱满，这些细节包括服饰、道具等 5. 绘制角色的转面图 6. 用标准化方式准确界定角色的色彩 7. 绘制角色的表情、口型示范图 8. 绘制角色的服装规范图 9. 绘制角色的代表性动作造型 10. 绘制角色造型比例图 11. 角色衍生产品规划	20
		1. 收集“变形金刚”“高达”实物，通过拍摄、扫描或网络等手段，收集相关的图片素材 2. 将构思视觉化，转化为草图，不断定位、论证、推敲、修正，甚至在多个草图中探讨最合理的表现手法 3. 对角色造型整体进行基本形的归纳和确定 4. 将确定的草图绘制成精美的正稿，同时论证表现的风格形式是否适用于整个动画生产的规划 5. 根据剧情的需要，可给角色加上许多细节部件来让角色形象显得更加饱满，这些细节包括服饰、道具等 6. 绘制角色的转面图 7. 用标准化方式准确界定角色的色彩 8. 绘制角色造型比例图 9. 角色衍生产品规划	20

5. 项目考核

职业功能模块教学项目过程考核评价表

项目名称：《妖魔怪物大观园》角色造型

班级：	姓名：		学号：		指导老师：		
评价项目	评价标准	评价依据（信息、佐证）	评价方式			权重	得分小计
			小组评价	学校评价	企业评价		
			0.1	0.9			
职业素质	1. 遵守企业管理规定、劳动纪律 2. 按时完成学习及工作任务 3. 工作积极主动，勤学好问	考勤表、教学日志				0.2	
专业能力	1. 收集素材	与角色相关的素材资料				0.05	
	2. 角色造型	角色造型正稿				0.05	
	3. 绘制角色的转面图	角色的转面图				0.1	
	4. 界定角色的色彩	色彩规范图				0.1	
	5. 绘制角色的表情、口型示范图	角色的表情、口型示范图				0.1	
	6. 绘制角色的服装规范图	角色的服装规范图				0.1	
	7. 绘制角色的代表性动作造型	角色的代表性动作造型				0.1	
	8. 绘制角色造型比例图	角色造型比例图				0.1	
创新能力	非生命物体的拟人化角色造型	角色造型正稿				0.1	
指导教师综合评价	指导老师签名：			日期：			

注：1. 此表一式两份，一份由院校存档，一份入预备技师学籍档案。
2. 考核成绩均为百分制。

教学项目五 《幻想国》角色造型

1. 项目内容

通过本项目综合训练，使学生掌握多种角色造型的设计方法。

2. 项目要求

2.1 能设计多种角色的正面、侧面、背面等多角度造型

2.2 能设计多种角色的表情、口型示范图

2.3 能设计多种角色的代表性动作造型

2.4 能理解剧本，能进行具象化人物、动物、植物、怪物等多种角色造型的综合表现，并能最大程度的张扬角色的气质与个性

2.5 能用标准化方式准确界定角色的色彩

2.6 能对角色造型工业化生产及衍生产品进行规划

3. 教学资源

3.1 师资队伍

由专业骨干教师及企业专家组成，教师需具备本专业工程师、讲师以上职称或技师、高级技师国家职业资格

3.2 基础设施

3.2.1 教室（80～100 平方米）内设一面高 2 米、宽 1.5 米或 1.5 米以上的大镜子，看全身动作用。

3.2.2 每个学生桌上安放一面 30 厘米×15 厘米以上的小镜子，看面部表情和口型用。

3.2.3 教室（80～100 平方米）四周安装软木板，用于钉挂造型设计草稿。

3.3 实习场所及教学设备

实习场所及教学设备

项目名称：《幻想国》角色造型

序号	实习场所名称	设备序号	设备名称	数量	工位数	设备功能	备注
1	无纸动画制作室	1	学生电脑	20 套	20	学习、实训	
		2	数位屏	21 套	21	显示、绘图	
		3	教师电脑	1 套	1	讲课、示范	
		4	投影设备	1 套	1	演示教学	
		5	音箱	1 套	1	收听	
		6	数码相机	1 台	1	拍摄教学资料	
		7	移动硬盘	1 块	1	存储	
		8	无纸动画软件	21 套	21	处理制作	
设备总数：			67				

注：此表按 20 人配置。

3.4 教师准备

3.4.1 整理好角色造型作品资料范图将其作为教学案例。

3.4.2 收集东西方的神话传说故事、寓言、童话资料。

3.5 学生准备

3.5.1 复习前导课程知识“人物的动态与表演”，熟练掌握人物的重心平衡的动势原理。

3.5.2 上网收集不同国家、不同时代的服饰特征资料图片。

3.5.3 阅读《角色服饰设计》相关图书资料，分析归纳基于角色性格、生活背景、年龄、职业的角色服饰设计方法。

4. 任务分解及课时分配

任务分解及课时分配表

教学项目	任务	任务分解	课时
《幻想国》角色造型	1. 根据故事情节和内容要求设计人物形象 2. 设计雷奥、海恩、娜姆、魔王的角色造型 （1）剑士雷奥 年龄：16 岁 血型：AB 性格：坚强、自信、正义感强烈 备注：英俊潇洒，身着盔甲披风，使用武器为长剑 （2）壮汉海恩 年龄：28 岁 血型：B 性格：鲁莽易怒，不善言辞 备注：身型高大魁梧，蓝色的短发短须，使用武器为巨斧 （3）女巫娜姆夫人 年龄：未知，传说在 100 岁以上 血型：未知 性格：阴险狡猾、自私自利 备注：女巫的来历本身就是一个谜，而且娜姆夫人行为怪异，常常会让人觉得恐惧和厌恶，甚至有时因此而被人误会为邪恶的阴谋家。但实际上她本性并不坏。常骑着自己的扫帚飞行，宠物为一只黑猫。 （4）黑暗魔王 年龄：1 000 岁以上 血型：未知 性格：邪恶、强悍 备注：黑暗世界的魔王，仇恨人类，欲以黑暗的力量统治人类世界	1. 收集并精读与剧情相关的历史文化知识书籍，补充相关的常识并进行文化积累，通过拍摄、扫描或网络等手段，收集相关的素材 2. 将构思视觉化，转化为草图，不断定位、论证、推敲、修正，甚至在多个草图中探讨最合理的表现手法，对角色造型整体进行基本形的归纳和确定 3. 将确定的草图绘制成精美的正稿，同时论证表现的风格形式是否适用于整个动画生产的规划 4. 根据剧情的需要，可给角色加上多个细节部件来让角色形象显得更加饱满，这些细节包括服饰、道具等 5. 绘制角色的转面图 6. 用标准化方式准确界定角色的色彩 7. 绘制角色的表情、口型示范图 8. 绘制角色的服装规范图 9. 绘制角色的代表性动作造型 10. 绘制角色造型比例图 11. 角色衍生产品规划	30

5. 项目考核

职业功能模块教学项目过程考核评价表

项目名称：《幻想国》角色造型

班级：　　　　　　　姓名：　　　　　　　学号：　　　　　　　指导老师：

评价项目	评价标准	评价依据（信息、佐证）	评价方式			权重	得分小计
			小组评价	学校评价	企业评价		
			0.1	0.9			
职业素质	1. 遵守企业管理规定、劳动纪律 2. 按时完成学习及工作任务 3. 工作积极主动，勤学好问	考勤表、教学日志				0.2	
专业能力	1. 收集素材	与角色相关的素材资料				0.05	
	2. 角色造型	角色造型正稿				0.05	
	3. 绘制角色的转面图	角色的转面图				0.1	
	4. 界定角色的色彩	色彩规范图				0.1	
	5. 绘制角色的表情、口型示范图	角色的表情、口型示范图				0.1	
	6. 绘制角色的服装规范图	角色的服装规范图				0.1	
	7. 绘制角色的代表性动作造型	角色的代表性动作造型				0.1	
	8. 绘制角色造型比例图	角色造型比例图				0.1	
创新能力	女巫的角色造型	角色造型正稿				0.1	
指导教师综合评价	指导老师签名：　　　　　　　　日期：						

注：1. 此表一式两份，一份由院校存档，一份入预备技师学籍档案。

2. 考核成绩均为百分制。

动画短片制作课程大纲

1. 课程性质和任务

1.1 课程性质

本课程是电脑动画设计制作专业预备技师的一门职业能力课程。

1.2 课程任务

进行本课程训练过程中，学生需分成几个小组，完成一部不少于30秒的动画项目的脚本创编、角色造型、分镜头、设计稿、原动画、背景、后期合成等一系列动画制作流程，制作一部动画短片。

2. 课程内容及要求

2.1 课程内容

原创动画短片制作

2.2 课程要求

本课程教学需采用以项目带动教学的方式，通过进行动画脚本创编、造型设计、分镜头绘制、设计稿绘制、原动画绘制、背景绘制、后期合成等一系列的制作流程训练，完成一项原创制作项目。在实施教学过程中要注意项目制作内容的完整性，团队作业的集体协作性。在完成每一个环节任务时，都要注意到短片制作的统一风格。鼓励学生之间相互交流、讨论和学习，并指导学生赏析借鉴国内外优秀动画片精髓。

3. 项目课时分配及考核权重

项目课时分配及考核权重表

课程名称：动画短片制作

序号	项目名称	课时（周）	考核权重	备注
1	《文明30秒》动画短片制作	150	100%	
合　计		150	100%	

4. 教学建议

4.1 本课程适宜采用项目教学法展开教学，每项目小组成员3～5名，教师需具备本专业工程师、讲师以上职称或技师、高级技师职业资格。

4.2 动作设计与绘制工作量大，要求学生要充分利用晚自习和业余时间完成实训内容。

5. 课程考核

职业功能模块过程考核评价表

课程名称：动画短片制作

班级：　　　姓名：　　　学号：　　　指导教师：

序号	工作项目名称	考核权重	得分
1	《文明30秒》动画短片制作	100%	
合　计		100%	

教学项目　《文明30秒》动画短片制作

1. 项目内容

1.1 动画脚本编写

1.2 造型设计

1.3 分镜头绘制

1.4 设计稿绘制

1.5 原画动画绘制

1.6 背景绘制

1.7 后期合成

2. 项目要求

2.1 独立创编动画脚本

2.2 根据脚本要求设计动画造型

2.3 能根据动画脚本和造型设计绘制出分镜头

2.4 能根据分镜头要求绘制出设计稿

2.5 能根据设计稿要求绘制出原动画

2.6 能根据设计稿要求绘制出背景

2.7 能将整个动画短片进行后期合成

3. 教学资源要求

3.1 师资队伍

由专业骨干教师及企业专家组成，教师需具备本专业工程师、讲师以上职称或技师、高级技师国家职业资格。

3.2 基础设施

3.2.1 教室内设一面高2米、宽1.5米或1.5米以上的大镜子，看全身动作用。

3.2.2 每个学生桌上安放一面30厘米×15厘米以上的小镜子，看面部表情和口型用。

3.3 实习场所及教学设备

教学设施清单

项目名称：《文明30秒》动画短片制作

序号	实习场所名称	设备序号	设备名称	数量	工位数	设备功能	备注
1	无纸动画制作室	1	学生电脑	20套	20	学习、实训	
		2	数位屏	21套	21	显示、绘图	
		3	教师电脑	1套	1	讲课、示范	
		4	投影设备	1套	1	演示教学	
		5	音箱	1套	1	收听	
		6	平面及动画软件	20套	20	处理制作	
2	数字后期教室	1	学生电脑	20套	20	学习、实训	
		2	教师电脑	1套	1	讲课、示范	
		3	投影设备	1套	1	演示教学	
		4	耳机	20个	20	听声音效果	
		5	音箱	1套	1	听声音效果	
		6	平面及后期软件	20套	20	处理制作	
3	后期机房	1	PC工作站	5套	5	后期制作	
		2	苹果工作站	1套	1	后期制作	
		3	监视器	2台	2	查看视频最终效果	
		4	耳机	6个	6	听声音效果	
		5	光纤盘阵	3个	3	存储	
4	录音棚	1	音频工作站	2套	2	音频制作	
		2	调音台	1套	1	声音调整	
		3	GM波音表音源插件	1套	1	声音制作	
		4	监听音箱	1套	1	监听	
		5	录音电容麦	2套	1	录音	
		6	MIDI键盘	1套	1	制作音效	
		7	音序器	1套	1	声音制作	
		8	音效素材库	1套	1	音效制作	
5	后期制作室	1	复印机	1台	1	复印资料	
		2	打印机	1台	1	打印资料	
		3	扫描仪	1台	1	扫描资料	
		4	电脑	20套	20	制作	
		5	绘图板	20套	20	绘图	
		6	制作软件	20套	20	动画、后期制作	
设备总数：			216				

注：此表按20人配置。

4. 任务分解及课时分配

任务分解及课时分配表

教学项目	任务	任务分解	课时
《文明 30 秒》动画短片制作	1. 动画脚本编写 2. 造型设计 3. 分镜头绘制 4. 设计稿绘制 5. 原动画绘制 6. 背景绘制 7. 后期合成	1. 按照动画脚本格式，独立创编动画脚本 2. 根据动画脚本内容，设计整理动画造型、背景、道具以及美术风格 3. 根据动画脚本、造型设计，绘制分镜头台本 4. 按照分镜头台本格式要求，标注好镜头、时间、背景、动作、对白、特效等制作要求 5. 按分镜头内容画出设计稿 6. 按照设计稿要求，画出背景设计稿，人物动作设计稿，以及在设计稿上标示出制作要求，动作说明等 7. 根据设计稿要求，设计原画，根据原画绘制中间画 8. 根据背景设计稿，绘制背景并上色 9. 对动画短片进行剪辑和特效制作 10. 对动画短片进行配音和音效制作 11. 合成输出动画短片	150

5. 项目考核

职业功能模块教学项目过程考核评价表

项目名称：《文明 30 秒》动画短片制作

班级：　　　　姓名：　　　　学号：　　　　指导老师：

评价项目	评价标准	评价依据（信息、佐证）	评价方式			权重	得分小计
			小组评价	学校评价	企业评价		
			0.1	0.9			
职业素质	1. 遵守企业管理规定、劳动纪律 2. 按时完成学习及工作任务 3. 工作积极主动，勤学好问	考勤表、教学日志				0.2	
专业能力	1. 动画脚本剧情编写合理表述清楚	动画脚本文字稿				0.05	
	2. 造型设计结构准确	造型设计完成稿				0.05	
	3. 分镜头绘制格式正确，标注清晰合理	分镜头完成稿				0.1	
	4. 设计稿格式正确，绘制细致合理	设计稿完成稿				0.1	
	5. 原动画动作设计到位，时间节奏设计合理	原动画完成稿				0.2	
	6. 背景绘制透视准确，颜色合理	背景绘制完成稿				0.1	

续表

评价项目	评价标准	评价依据（信息、佐证）	评价方式			权重	得分小计
			小组评价	学校评价	企业评价		
			0.1	0.9			
专业能力	7. 后期合成的镜头剪接合理，配音准确	完成的动画短片				0.1	
创新能力	完成短片制作的过程中，融入个人独特创新，使短片更生动丰富	完成的动画短片				0.1	
指导教师综合评价	指导老师签名：		日期：				

注：1. 此表一式两份，一份由院校存档，一份入预备技师学籍档案。

2. 考核成绩均为百分制。

培训与管理课程大纲

1. 课程性质和任务

1.1 课程性质

本课程是电脑动画设计制作专业预备技师的一门职业能力课程。

1.2 课程任务

通过本课程的开设，使学员能够合理制订和撰写企业培训计划，具有独立编写培训教案和制作培训课件的能力，善于通过培训，言传身教地将先进的技术传授给员工。具有较强的信息处理、任务监督和解决问题的能力，拥有良好的人际沟通技巧及团队合作精神。

2. 课程内容及要求

2.1 课程内容

本课程主要培养动画技师的专业技术培训能力、产品制作流程的监督管理能力、人际沟通与协调能力。其中，培训能力要求学生学会制定和撰写培训方案，能够根据企业和生产需要确定培训课题，能够独立编撰培训教案和 PPT 课件，及时、高效地完成培训任务；管理能力要求学生能制定合理的生产时间表、分配制作任务，并有效实施监督、指导和管理，协调和解决产品制作过程中出现的各类问题，保证制作过程的顺利进行，在企业发展中发挥技师应有的主导作用。

2.2 课程要求

进行本课程的教学时，要贯彻理论结合实践的原则，根据学生的具体情况，合理安排理论和实践操作的各个环节。

3. 项目课时分配及考核权重

项目课时分配及考核权重表

课程名称：培训与管理

序号	项目名称	课时	考核权重	备注
1	培训计划制订	50	46%	
2	实训指导	45	42%	
3	团队建设	13	12%	
合　计		108	100%	

4. 教学建议

4.1 进行项目教学时，教师应采取理论与实践相融合的一体化教学模式，使学生在充分掌握本项目设计的理论和技能点的基础上进行实践，以保证教学的效果和效率。

4.2 教师应将理论知识融入到具体的案例中组织教学，降低学习难度，提高学生的学习兴趣。

4.3 对学生上交的作业，教师可采取小组评价、集中点评和个别指导相结合的方式。

5. 课程考核

职业功能模块过程考核评价表

课程名称：培训与管理

班级：　　姓名：　　学号：　　指导教师：

序号	工作项目名称	考核权重	得分
1	培训计划制订	46%	
2	实训指导	42%	
3	团队建设	12%	
合　计		100%	

教学项目一　培训计划制订

1. 项目内容

1.1 编写培训教案

1.2 制作培训课件

1.3 试讲

2. 项目要求

项目结束时要求学生能按要求编写制作出高质量的培训教案和课件，顺利进行试讲。

3. 教学资源

3.1 师资队伍

由专业骨干教师及企业专家组成。需具备本专业工程师、讲师以上职称或技师、高级技师国家职业资格。

3.2 实习场所及教学设备

实习场所及教学设备

项目名称：培训计划制订

序号	实习场所名称	设备序号	设备名称	数量	工位数	设备功能	备注
1	多媒体教室	1	学生电脑	20套	20	学习、实训	
		2	教师电脑	1套	1	讲课、示范	
		3	投影设备	1套	1	演示教学	
		4	音箱	1套	1	收听	
		5	移动硬盘	1块	1	存储	

续表

序号	实习场所名称	设备序号	设备名称	数量	工位数	设备功能	备注
1	多媒体教室	6	教学软件	21 套	21	处理制作	
设备总数：			45				

注：此表按 20 人配置。

4. 任务分解及课时分配

任务分解及课时分配

<table>
<tr><th>教学项目</th><th>任务</th><th>任务分解</th><th>课时</th></tr>
<tr><td rowspan="3">培训计划制订</td><td>1. 编写培训教案</td><td>1.1 确立培训教案的格式
1.2 确立培训重点、难点
1.3 选择合理的培训方法
1.4 分配内容的逻辑顺序和时间
1.5 根据试讲内容，编写培训教案</td><td>10</td></tr>
<tr><td>2. 制作培训课件</td><td>2.1 搜集整理课题资料
2.2 根据试讲课题，制作培训课件</td><td>15</td></tr>
<tr><td>3. 试讲</td><td>3.1 组织培训过程
3.2 培训内容讲解
3.3 进行现场沟通与互动</td><td>25</td></tr>
</table>

5. 项目考核

职业功能模块教学项目过程考核评价表

项目名称：培训计划制订

班级：　　　姓名：　　　学号：　　　指导老师：

<table>
<tr><td rowspan="3">评价项目</td><td rowspan="3">评价标准</td><td rowspan="3">评价依据</td><td colspan="3">评价方式</td><td rowspan="3">权重</td><td rowspan="3">得分小计</td></tr>
<tr><td>小组评价</td><td>学校评价</td><td>企业评价</td></tr>
<tr><td>0.1</td><td colspan="2">0.9</td></tr>
<tr><td>职业素质</td><td>1. 遵守企业管理规定、劳动纪律
2. 按时完成学习及工作任务
3. 工作积极主动，勤学好问</td><td>考勤表、
教学日志</td><td></td><td></td><td></td><td>0.2</td><td></td></tr>
<tr><td rowspan="4">专业能力</td><td>1. 教案书写格式规范</td><td>教案</td><td rowspan="4"></td><td rowspan="4"></td><td rowspan="4"></td><td rowspan="4">0.7</td><td rowspan="4"></td></tr>
<tr><td>2. 能确立培训的重点、难点</td><td>教案</td></tr>
<tr><td>3. 课件内容简练，重点突出</td><td>教学课件</td></tr>
<tr><td>4. 讲课语言表达清晰，内容重点明确，现场沟通良好，应变灵活</td><td>讲课评价表</td></tr>
<tr><td>创新能力</td><td>教学设计新颖，讲授生动</td><td>讲课评价表</td><td></td><td></td><td></td><td>0.1</td><td></td></tr>
<tr><td>指导教师综合评价</td><td colspan="7">指导老师签名：　　　　　　　　日期：</td></tr>
</table>

注：1. 此表一式两份，一份由院校存档，一份入预备技师学籍档案。

2. 考核成绩均为百分制。

教学项目二　实训指导

1. 项目内容

1.1 中间画质量的评估

1.2 制作流程的检查与监督

2. 项目要求

项目结束时要求学生能够正确评估中间画的质量，能有效管理并评定产品的质量；能及时高效地检查与监督产品的制作流程；能妥善及时地发现并解决制作过程中出现的问题，并提供及时的技术指导。

3. 教学资源

3.1 师资队伍

由专业骨干教师及企业专家组成。需具备本专业工程师、讲师以上职称或技师、高级技师国家职业资格。

3.2 实习场所及教学设备

实习场所及教学设备

项目名称：实训指导

序号	实习场所名称	设备序号	设备名称	数量	工位数	设备功能	备注
1	多媒体教室	1	学生电脑	20套	20	学习、实训	
		2	教师电脑	1套	1	讲课、示范	
		3	投影设备	1套	1	演示教学	
		4	音箱	1套	1	收听	
		5	移动硬盘	1块	1	存储	
		6	教学软件	21套	21	处理制作	
设备总数：			45				

注：此表按20人配置。

4. 任务分解及课时分配

任务分解及课时分配

教学项目	任务	任务分解	课时
实训指导	1. 中间画质量的评估	1.1 能正确评估中间画的质量 1.2 能有效管理并评定产品的质量	30
	2. 制作流程的检查与监督	2.1 制作流程的监督 2.2 技术问题的指导	15

5. 项目考核

职业功能模块教学项目过程考核评价表

项目名称： 实训指导

班级：　　　　姓名：　　　　学号：　　　　指导老师：

评价项目	评价标准	评价依据	评价方式			权重	得分小计
			小组评价	学校评价	企业评价		
			0.1	0.9			
职业素质	1. 遵守企业管理规定、劳动纪律 2. 按时完成学习及工作任务 3. 工作积极主动，勤学好问	考勤表、教学日志				0.2	
专业能力	1. 能进行中间画质量的评估 2. 能有效监督制作流程	实践过程的表现及记录				0.7	
创新能力	是否能及时发现制作环节中存在的问题并提供技术指导	实践过程的表现及记录				0.1	
指导教师综合评价	指导老师签名：　　　　日期：						

注：1. 此表一式两份，一份由院校存档，一份入预备技师学籍档案。

2. 考核成绩均为百分制。

教学项目三　团队建设

1. 项目内容

1.1 团队训练与拓展

1.2 班组长关系的沟通与协调

2. 项目要求

项目结束时要求学生能对团队进行拓展训练，能与班组长进行有效沟通，能协调班组长之间的关系，并妥善解决各类问题。

3. 教学资源

3.1 师资队伍

由专业骨干教师及企业专家组成。需具备本专业工程师、讲师以上职称或技师、高级技师国家职业资格。

3.2 实习场所及教学设备

实习场所及教学设备

项目名称：团队建设

序号	实习场所名称	设备序号	设备名称	数量	工位数	设备功能	备注
1	多媒体教室	1	学生电脑	20套	20	学习、实训	
		2	教师电脑	1套	1	讲课、示范	
		3	投影设备	1套	1	演示教学	
		4	音箱	1套	1	收听	
		5	移动硬盘	1块	1	存储	
		6	教学软件	21套	21	处理制作	
设备总数：			45				

注：此表按20人配置。

4. 任务分解及课时分配

任务分解及课时分配

教学项目	任务	任务分解	课时
团队建设	1. 团队训练与拓展	1.1 搜集整理团队成员的相关信息 1.2 撰写团队训练计划 1.3 设计团队拓展项目 1.4 组织团队拓展训练	7
	2. 班组长关系的沟通与协调	2.1 能和学生进行有效的沟通 2.2 处理疑难问题与突发事件	6

5. 项目考核

职业功能模块教学项目过程考核评价表

项目名称：团队建设

班级：　　姓名：　　学号：　　指导老师：

评价项目	评价标准	评价依据	评价方式			权重	得分小计
			小组评价	学校评价	企业评价		
			0.1	0.9			
职业素质	1. 遵守企业管理规定、劳动纪律 2. 按时完成学习及工作任务 3. 工作积极主动，勤学好问	考勤表、教学日志				0.2	
专业能力	1. 具备一定的人际沟通与协调能力 2. 具备对制作人员进行绩效考评的基本能力 3. 能及时发现并妥善解决各类问题 4. 具备团队合作和建设的能力	实践过程的表现及记录				0.7	

续表

评价项目	评价标准	评价依据	评价方式			权重	得分小计
			小组评价	学校评价	企业评价		
			0.1	0.9			
创新能力	是否能独立设计符合团队成员实际情况的拓展与培训项目	策划方案				0.1	
指导教师综合评价	指导老师签名：　　　　　　　　　　日期：						

注：1. 此表一式两份，一份由院校存档，一份入预备技师学籍档案。

2. 考核成绩均为百分制。

技术论文撰写与答辩课程大纲

1. 课程性质和任务

1.1 课程性质

本课程是预备技师学生的必修课程，属职业能力课程。

1.2 课程任务

通过本课程的训练，使学生掌握专业论文撰写的步骤和方法，培养学生能够把实际工程问题提升到理论角度分析和研究的能力，也是对学生所学专业知识综合应用能力的检验；通过论文的答辩，进一步提高学生的思维及口头表达能力。

2. 课程内容及要求

2.1 课程内容

2.1.1 技术论文撰写

2.1.2 技术论文答辩

2.2 课程要求

2.2.1 会结合技术工种及岗位、自己在生产实践中经历的一个或几个技术问题或曾参与实践的课题进行论文选题。

2.2.2 会搜集、查阅与整理相关资料，并使用。

2.2.3 能对相应的技术问题进行总结，说明自己是如何解决的，并运用专业知识分析。

2.2.4 会整理数据，绘制图表，写出对生产有指导和有参考价值的文章。

2.2.5 会根据答辩要求，做好答辩的准备工作。

2.2.6 答辩时会宣讲论文，能按提出问题、分析问题、解决问题和结论等方面作简明扼要的口头叙述，重点突出论文的关键技术。

3. 项目课时分配及考核权重

项目课时分配及考核权重表

课程名称：技术论文撰写

序号	项目名称	课时	考核权重	备注
1	技术论文撰写	180	70%	
2	技术论文答辩	30	30%	
合　计		210	100%	

4. 教学建议

技术论文在指导教师安排的课题中选择，也可以根据实际岗位的工作内容自己选题，经指导教师确认后，方可撰写论文。

5. 课程考核

技术论文评审与答辩评价表

课程名称：技术论文撰写与答辩

<table>
<tr><td colspan="5">专业：　　　　班级：　　　　姓名：　　　　学号：　　　　指导教师：</td></tr>
<tr><td rowspan="8">技术论文撰写</td><td colspan="2">评定项目</td><td>配分（分）</td><td>考核成绩（分）</td></tr>
<tr><td colspan="2">1. 选题价值和难易度</td><td>10</td><td></td></tr>
<tr><td colspan="2">2. 资料搜集及运用</td><td>10</td><td></td></tr>
<tr><td colspan="2">3. 规范性和逻辑性</td><td>10</td><td></td></tr>
<tr><td colspan="2">4. 文字表述</td><td>10</td><td></td></tr>
<tr><td colspan="2">5. 综合运用专业知识分析和解决实际问题</td><td>20</td><td></td></tr>
<tr><td colspan="2">6. 独创性及应用价值</td><td>10</td><td></td></tr>
<tr><td colspan="2">小　计</td><td>70</td><td></td></tr>
<tr><td rowspan="8">技术论文答辩</td><td rowspan="4">答辩问题</td><td colspan="3">1.</td></tr>
<tr><td colspan="3">2.</td></tr>
<tr><td colspan="3">3.</td></tr>
<tr><td colspan="3">4.</td></tr>
<tr><td colspan="2">评定项目</td><td>配分（分）</td><td>考核成绩（分）</td></tr>
<tr><td colspan="2">1. 陈述情况</td><td>10</td><td></td></tr>
<tr><td colspan="2">2. 答辩情况</td><td>20</td><td></td></tr>
<tr><td colspan="2">小　计</td><td>30</td><td></td></tr>
<tr><td colspan="3">总分</td><td colspan="2"></td></tr>
<tr><td rowspan="2">答辩委员签字</td><td colspan="2">论文撰写</td><td colspan="2">论文答辩</td></tr>
<tr><td colspan="2">年　月　日</td><td colspan="2">年　月　日</td></tr>
</table>

注：此表一式两份，一份由院校存档，一份入预备技师学籍档案。

教学项目一　技术论文撰写

1. 项目内容

1.1 搜集、整理相关信息

1.2 论文选题

1.3 制订论文撰写计划

1.4 撰写论文

1.5 制作文本

2. 项目要求

2.1 能运用多种手段搜集、查阅与整理相关资料

2.2 能根据在生产实践中完成的教学项目进行论文选题

2.3 能根据确定的选题，合理制订论文撰写计划

2.4 能写出对生产有指导和有参考价值的技术论文，应符合 GB 7713—1987 的有关要求。

2.5 能制作规范、精美的文本

3. 师资要求

由专业骨干教师及企业专家组成。需具备本专业工程师、讲师以上职称或技师、高级技师国家职业资格。

4. 任务分解及课时分配

任务分解及课时分配

序号	任务	任务分解	学时	备注
1	搜集、整理相关信息	1.1 采用多种渠道搜集信息 1.2 梳理信息	12	
2	论文选题	2.1 根据在生产实践中完成的教学项目进行论文选题 2.2 指导教师审查论文选题	12	
3	制订论文撰写计划	3.1 确定论文的结构体系 3.2 安排论文撰写进度 3.3 提出预期成果 3.4 指导教师审查论文撰写计划	6	
4	撰写论文	4.1 拟定提纲 4.2 撰写初稿 4.3 论证、修改、校对	120	
5	制作文本	5.1 正文排版 5.2 封面设计 5.3 装帧	30	

5. 项目考核

技术论文评审见技术论文评审与答辩评价表。

教学项目二　技术论文答辩

1. 项目内容

1.1 训练答辩技巧

1.2 编写答辩提纲

1.3 论文答辩

2. 项目要求

2.1 掌握论文答辩的技巧

2.2 能根据技术论文编写答辩提纲

2.3 能按论文的逻辑结构作简明扼要的演讲，并正确回答答辩委员提出的问题

3. 师资要求

由专业骨干教师及企业专家组成。需具备本专业工程师、讲师以上职称或技师、高级技师国家职业资格。

4. 任务分解及课时分配

任务分解及课时分配表

序号	任务	任务分解	学时	备注
1	训练答辩技巧	1.1 训练体态及肢体语言表达能力 1.2 训练语言表达能力 1.3 训练临场应变能力 1.4 模拟答辩	8	
2	编写答辩提纲	2.1 根据技术论文编写论文演讲提纲 2.2 预测答辩委员的提问，做好回答问题的准备	6	
3	论文答辩	3.1 陈述论文要点 3.2 回答答辩委员提问	16	
课时合计			30	

5. 项目考核

技术论文答辩评审见技术论文评审与答辩评价表。

后期剪辑课程大纲

1. 课程性质和任务

1.1 课程性质

本课程是电脑动画专业预备技师的一门能力拓展课程。

1.2 课程任务

通过本课程的训练，使学生首先能掌握基本的数字非线性编辑软件，并且按照基本视听语言的艺术规律，将动画图像素材、声音素材及文字素材进行有机的编辑组合，以达到特定的视听效果。

2. 课程内容及要求

2.1 课程内容

2.1.1 熟悉后期剪辑软件基本工作流程

2.1.2 动画镜头画面剪辑

2.1.3 动画镜头声音剪辑

2.1.4 动画镜头字幕添加及效果

2.1.5 典型动画片剪辑手法分析

2.2 课程要求

通过本课程的训练，使学生能掌握基本的后期编辑软件，并且按照视听语言的艺术规律，将动画图像素材、声音素材及文字素材进行有机的编辑组合，以达到特定的视听效果。

3. 项目课时分配及考核权重

项目课时分配及考核权重表

课程名称：后期剪辑

序号	项目名称	课时	考核权重	备注
1	《风之谷》动画分镜头剪辑	16	22%	
2	《天空之城》动画镜头画面剪辑	12	17%	
3	《狮子王》动画镜头声音剪辑	8	11%	
4	《埃及王子》动画镜头字幕添加及效果	8	11%	
5	《海底总动员》剪辑手法分析及练习	28	39%	
合　计		72	100%	

4. 教学建议

4.1 本课程教学内容需采用项目教学法展开教学，导师需具备本专业工程师、讲师以上职称或技师、高级技师职业资格，并具有电视台、动画公司、影视后期制作公司等单位一年以上后期剪辑工作经验。

4.2 由于影视后期剪辑需要大量的实战经验，除课上规定课时外，还需利用业余时间来完成实训内容。

4.3 教学过程中利用大量国内外优秀影片片段来分析各种剪辑方式，课余时间要鼓励学生多观摩优秀影片。

5. 课程考核

职业功能模块过程考核评价表

课程名称： 后期剪辑

班级：　　　　姓名：　　　　学号：　　　　指导教师：

序号	工作项目名称	考核权重	得分
1	《风之谷》动画分镜头剪辑	22%	
2	《天空之城》动画镜头画面剪辑	17%	
3	《狮子王》动画镜头声音剪辑	11%	
4	《埃及王子》动画镜头字幕添加及效果	11%	
5	《海底总动员》剪辑手法分析及练习	39%	
	合　计	100%	

教学项目一　《风之谷》动画分镜头剪辑

1. 项目内容

分析《风之谷》动画分镜头及声音素材，运用后期编辑软件进行完整流程的剪辑。

2. 项目要求

2.1 能检查已有的《风之谷》分镜头画面及声音素材

2.2 启动软件，设置好项目，将素材导入剪辑软件中，并进行整理

2.3 按照工作流程，运用剪辑软件完成剪辑

2.3.1 素材的入出点设置

2.3.2 插入/覆盖编辑

2.3.3 基本过渡效果

2.3.4 基本滤镜效果

2.3.5 声音的基本编辑

2.3.6 添加字幕

2.3.7 输出编辑结果

3. 教学资源

3.1 师资队伍

由专业骨干教师及企业专家组成。需具备本专业工程师、讲师以上职称或技师、高级技师国家职业资格。

3.2 实习场所及教学设备

主要实习场所及教学设备配置表

项目名称：《风之谷》动画分镜头剪辑

序号	实习场所名称	设备序号	设备名称	数量	工位数	设备功能	备注
1	数字后期教室	1	学生电脑	20套	20	学习、实训	
		2	教师电脑	1套	1	讲课、示范	
		3	投影设备	1套	1	演示教学	
		4	耳机	20个	20	听声音效果	
		5	音箱	1套	1	听声音效果	
		6	平面及后期软件	21套	21	处理制作	
设备总数：				64			

注：此表按20人配置。

4. 任务分解及课时分配

任务分解及课时分配表

教学项目	任务	任务分解	课时
《风之谷》动画分镜头剪辑	1. 分析已给的分镜头画面及声音素材 2. 导入画面及声音素材 3. 影片剪辑并输出	1. 分析所给的分镜头画面 2. 启动软件、设置好项目并导入素材 3. 素材的入出点设置 4. 插入/覆盖编辑 5. 基本过渡效果 6. 基本滤镜效果 7. 声音的基本编辑 8. 添加字幕 9. 输出编辑结果 10. 观看影片后进行经验总结与分析	16

5. 项目考核

职业功能模块教学项目过程考核评价表

项目名称：《风之谷》动画分镜头剪辑

班级：　　　　姓名：　　　　学号：　　　　指导老师：

评价项目	评价标准	评价依据（信息、佐证）	评价方式			权重	得分小计
			小组评价	学校评价	企业评价		
			0.1	0.9			
职业素质	1. 遵守企业管理规定、劳动纪律 2. 按时完成学习及工作任务 3. 工作积极主动、勤学好问	考勤表、教学日志				0.2	
专业能力	1. 了解基本的视音频素材格式	学生剪辑作品				0.1	
	2. 了解并掌握剪辑项目的基本格式设置					0.1	
	3. 熟练掌握动画剪辑基本流程					0.4	
创新能力	总结出剪辑软件基本操作规律	学生剪辑作品				0.2	
指导教师综合评价	指导老师签名：　　　　日期：						

注：1. 此表一式两份，一份由院校存档，一份入预备技师学籍档案。
2. 考核成绩均为百分制。

教学项目二　《天空之城》动画镜头画面剪辑

1. 项目内容

1.1《天空之城》动画场景画面剪辑
1.2《天空之城》动画人物画面剪辑
1.3《天空之城》动画运动镜头剪辑

2. 项目要求

2.1 能分析动画镜头画面剪辑与实拍镜头画面剪辑的区别
2.2 能剪辑动画场景画面
2.3 能剪辑动画人物画面
2.4 能剪辑动画运动镜头

3. 教学资源

3.1 师资队伍

由专业骨干教师及企业专家组成。需具备本专业工程师、讲师以上职称或技师、高级技师国家职业资格。

3.2 实习场所及教学设备

主要实习场所及教学设备配置表

项目名称：《天空之城》动画镜头画面剪辑

序号	实习场所名称	设备序号	设备名称	数量	工位数	设备功能	备注
1	数字后期教室	1	学生电脑	20套	20	学习、实训	
		2	教师电脑	1套	1	讲课、示范	
		3	投影设备	1套	1	演示教学	
		4	耳机	20个	20	听声音效果	
		5	音箱	1套	1	听声音效果	
		6	平面及后期软件	21套	21	处理制作	
设备总数：				64			

注：此表按20人配置。

4. 任务分解及课时分配

任务分解及课时分配表

教学项目	任务	任务分解	课时
《天空之城》动画镜头画面剪辑	1. 分析动画片制作流程 2. 搜集《天空之城》中典型动画素材 3. 剪辑不同类型的动画镜头 4. 影片输出	1. 动画片制作流程分析 2. 实拍影片制作流程分析 3. 根据情节要求收集《天空之城》中所需动画素材 4. 按类归纳整理素材 5. 剪切选用适合的素材 6. 根据不同动画画面，进行基本的视听分析 7. 制作镜头剪辑 8. 按需添加转场特效 9. 输出影片 10. 观看影片后进行经验总结与分析	12

5. 项目考核

职业功能模块教学项目过程考核评价表

项目名称：《天空之城》动画镜头画面剪辑

班级：　　　姓名：　　　学号：　　　指导老师：

评价项目	评价标准	评价依据（信息、佐证）	评价方式			权重	得分小计
			小组评价	学校评价	企业评价		
			0.1	0.9			
职业素质	1. 遵守企业管理规定、劳动纪律 2. 按时完成学习及工作任务 3. 工作积极主动、勤学好问	考勤表、教学日志				0.2	

续表

评价项目	评价标准	评价依据（信息、佐证）	评价方式			权重	得分小计
			小组评价	学校评价	企业评价		
			0.1	0.9			
专业能力	1. 了解动画影片剪辑特点	学生剪辑作品				0.1	
	2. 掌握不同动画画面剪辑的基本原理和方法					0.3	
	3. 能熟练使用后期剪辑软件					0.2	
创新能力	不同动画画面镜头剪辑熟练，体现出自己的创作思想	学生剪辑作品				0.2	
指导教师综合评价	指导老师签名：			日期：			

注：1. 此表一式两份，一份由院校存档，一份入预备技师学籍档案。

2. 考核成绩均为百分制。

教学项目三 《狮子王》动画镜头声音剪辑

1. 项目内容

1.1 分析《狮子王》中的典型动画镜头

1.2 根据动画镜头剪辑声音

2. 项目要求

2.1 能分析动画镜头中的对白声音

2.2 能分析动画镜头中的背景音乐

2.3 能分析动画镜头中的音响效果

2.4 训练结束，要求每个学生完成以下声音剪辑

2.4.1 动画对白声音剪辑

2.4.2 动画背景音乐剪辑

2.4.3 动画拟音效果剪辑

3. 教学资源

3.1 师资队伍

由专业骨干教师及企业专家组成。需具备本专业工程师、讲师以上职称或技师、高级技师国家职业资格。

3.2 实习场所及教学设备

主要实习场所及教学设备配置表

项目名称：《狮子王》动画镜头声音剪辑

序号	实习场所名称	设备序号	设备名称	数量	工位数	设备功能	备注
1	数字后期教室	1	学生电脑	20套	20	学习、实训	
		2	教师电脑	1套	1	讲课、示范	
		3	投影设备	1套	1	演示教学	
		4	耳机	20个	20	听声音效果	
		5	音箱	1套	1	听声音效果	
		6	平面及后期软件	21套	21	处理制作	
设备总数：				64			

注：此表按20人配置。

4. 任务分解及课时分配

任务分解及课时分配表

教学项目	任务	任务分解	课时
《狮子王》动画镜头声音剪辑	1. 分析《狮子王》中的动画素材 2. 分析各种声音素材 3. 剪辑声音素材 4. 影片输出	1. 动画人物对话镜头分析 2. 添加对白声音，准确对位剪辑 3. 动画镜头画面分析 4. 添加背景音乐，并进行准确剪辑 5. 动画镜头画面分析 6. 添加拟音效果，并进行准确剪辑 7. 按需添加声音特效 8. 输出影片 9. 观看影片后进行经验总结与分析	8

5. 项目考核

职业功能模块教学项目过程考核评价表

项目名称：《狮子王》动画镜头声音剪辑

班级：　　　　姓名：　　　　学号：　　　　指导老师：

评价项目	评价标准	评价依据（信息、佐证）	评价方式			权重	得分小计
			小组评价	学校评价	企业评价		
			0.1	0.9			
职业素质	1. 遵守企业管理规定、劳动纪律 2. 按时完成学习及工作任务 3. 工作积极主动、勤学好问	考勤表、教学日志				0.2	
专业能力	1. 能分析不同的动画镜头	学生剪辑作品				0.1	
	2. 能根据动画镜头内容添加不同的声音素材，并进行剪辑					0.3	
	3. 能熟练使用后期剪辑软件中的声音处理功能					0.2	

续表

评价项目	评价标准	评价依据（信息、佐证）	评价方式			权重	得分小计
			小组评价	学校评价	企业评价		
			0.1	0.9			
创新能力	声音剪辑构思巧妙、有新意	学生剪辑作品				0.2	
指导教师综合评价	指导老师签名：		日期：				

注：1. 此表一式两份，一份由院校存档，一份人预备技师学籍档案。

2. 考核成绩均为百分制。

教学项目四 《埃及王子》动画镜头字幕添加及效果

1. 项目内容

1.1 分析《埃及王子》中典型动画镜头

1.2 为动画镜头添加各种字幕效果

2. 项目要求

2.1 能分析各种典型动画镜头

2.2 能根据动画镜头分析需要添加的字幕

2.3 能制作不同的字幕效果

2.4 训练结束，要求每个学生提供字幕

2.4.1 典型动画镜头的片头、片尾字幕

2.4.2 动画对白字幕

3. 教学资源

3.1 师资队伍

由专业骨干教师及企业专家组成。需具备本专业工程师、讲师以上职称或技师、高级技师国家职业资格。

3.2 实习场所及教学设备

主要实习场所及教学设备配置表

项目名称：《埃及王子》动画镜头字幕添加及效果

序号	实习场所名称	设备序号	设备名称	数量	工位数	设备功能	备注
1	数字后期教室	1	学生电脑	20套	20	学习、实训	
		2	教师电脑	1套	1	讲课、示范	
		3	投影设备	1套	1	演示教学	
		4	耳机	20个	20	听声音效果	
		5	音箱	1套	1	听声音效果	

续表

序号	实习场所名称	设备序号	设备名称	数量	工位数	设备功能	备注
1	数字后期教室	6	平面及后期软件	21套	21	处理制作	
设备总数：			64				

注：此表按20人配置。

4. 任务分解及课时分配

任务分解及课时分配表

教学项目	任务	任务分解	课时
《埃及王子》动画镜头字幕添加及效果	1. 分析《埃及王子》中典型动画镜头 2. 字幕效果设计 3. 字幕动画制作 4. 字幕剪辑 5. 影片输出	1. 分析《埃及王子》不同的动画片段 2. 根据动画片风格主题设计片头字幕 3. 按照标准设定动画片片尾字幕 4. 分析动画片对白 5. 设计对白字幕效果 6. 剪辑动画对白字幕 7. 输出影片 8. 观看影片后进行经验总结与分析	8

5. 项目考核

职业功能模块教学项目过程考核评价表

项目名称：《埃及王子》动画镜头字幕添加及效果

班级：	姓名：		学号：		指导老师：		
评价项目	评价标准	评价依据（信息、佐证）	评价方式			权重	得分小计
			小组评价	学校评价	企业评价		
			0.1	0.9			
职业素质	1. 遵守企业管理规定、劳动纪律 2. 按时完成学习及工作任务 3. 工作积极主动、勤学好问	考勤表、教学日志				0.2	
专业能力	1. 能分析典型动画镜头	学生剪辑作品				0.1	
	2. 能根据动画镜头内容熟练进行字幕的制作和剪辑					0.3	
	3. 能熟练使用后期剪辑软件中的字幕功能					0.2	
创新能力	字幕效果设计巧妙、有新意	学生剪辑作品				0.2	
指导教师综合评价	指导老师签名：		日期：				

注：1. 此表一式两份，一份由院校存档，一份入预备技师学籍档案。

2. 考核成绩均为百分制。

教学项目五 《海底总动员》剪辑手法分析及练习

1. 项目内容

1.1 分析《海底总动员》中典型动画片段的剪辑手法

1.2 根据不同素材，练习各种常用剪辑手法

2. 项目要求

2.1 能分析《海底总动员》中典型动画镜头的剪辑手法

2.2 能通过镜头的不同组接顺序表达不同的情节内容

2.3 能够把握蒙太奇的基本运用

2.4 训练结束，要求每个学生提供材料：

2.4.1 收集项目所需的视频素材

2.4.2 分析本故事情节，写出分镜头台本

2.4.3 通过视听素材不同的组合，完成不同效果的三个动画镜头

3. 教学资源

3.1 师资队伍

由专业骨干教师及企业专家组成。需具备本专业工程师、讲师以上职称或技师、高级技师国家职业资格。

3.2 实习场所及教学设备

主要实习场所及教学设备配置表

项目名称：《海底总动员》剪辑手法分析及练习

序号	实习场所名称	设备序号	设备名称	数量	工位数	设备功能	备注
1	数字后期教室	1	学生电脑	20套	20	学习、实训	
		2	教师电脑	1套	1	讲课、示范	
		3	投影设备	1套	1	演示教学	
		4	耳机	20个	20	听声音效果	
		5	音箱	1套	1	听声音效果	
		6	平面及后期软件	21套	21	处理制作	
设备总数：			64				

注：此表按20人配置。

4. 任务分解及课时分配

任务分解及课时分配表

教学项目	任务	任务分解	课时
《海底总动员》剪辑手法分析及练习	1. 分析《海底总动员》中典型动画片段 2. 整理视音频素材 3. 剪辑影片 4. 影片输出	1. 分析典型动画片段 2. 根据故事情节写出文字分镜头 3. 根据情节要求收集所需视频素材 4. 按类归纳整理素材 5. 剪切选用适合的素材 6. 根据情节表达需要，确定镜头组接的先后顺序 7. 根据视听素材不同的组合，完成不同效果的三个动画镜头 8. 按需添加转场特效 9. 输出影片 10. 观看影片后进行经验总结与分析	28

5. 项目考核

职业功能模块教学项目过程考核评价表

项目名称：《海底总动员》剪辑手法分析及练习

<table>
<tr><td colspan="8">班级：　　　　姓名：　　　　学号：　　　　指导老师：</td></tr>
<tr><td rowspan="3">评价项目</td><td rowspan="3">评价标准</td><td rowspan="3">评价依据
（信息、佐证）</td><td colspan="3">评价方式</td><td rowspan="3">权重</td><td rowspan="3">得分
小计</td></tr>
<tr><td>小组评价</td><td>学校评价</td><td>企业评价</td></tr>
<tr><td>0.1</td><td colspan="2">0.9</td></tr>
<tr><td>职业素质</td><td>1. 遵守企业管理规定、劳动纪律
2. 按时完成学习及工作任务
3. 工作积极主动、勤学好问</td><td>考勤表、
教学日志</td><td></td><td></td><td></td><td>0.2</td><td></td></tr>
<tr><td rowspan="3">专业能力</td><td>1. 能分析典型动画片段的视听语言</td><td rowspan="3">学生剪辑作品</td><td></td><td></td><td></td><td>0.1</td><td></td></tr>
<tr><td>2. 能熟练使用镜头剪辑技巧，准确表达故事情节，整体叙事流畅</td><td></td><td></td><td></td><td>0.3</td><td></td></tr>
<tr><td>3. 能熟练使用后期剪辑软件</td><td></td><td></td><td></td><td>0.2</td><td></td></tr>
<tr><td>创新能力</td><td>镜头构思巧妙、有新意</td><td>学生剪辑作品</td><td></td><td></td><td></td><td>0.2</td><td></td></tr>
<tr><td>指导教师
综合评价</td><td colspan="7">指导老师签名：　　　　　　　　　　　日期：</td></tr>
</table>

注：1. 此表一式两份，一份由院校存档，一份入预备技师学籍档案。

2. 考核成绩均为百分制。

特效设计课程大纲

1. 课程性质和任务

1.1 课程性质

本课程是电脑动画专业预备技师的一门能力拓展课程。

1.2 课程任务

本课程根据项目实施中对知识点的要求，细致地介绍了影视特效设计软件的各项功能和应用技巧，并为每个项目配上相应的模拟训练，使学生在学习的过程中掌握制作的技巧和方法。

2. 课程内容及要求

2.1 课程内容

2.1.1 电视栏目标志设计

2.1.2 开场片头字幕设计

2.1.3 音乐动态背景设计

2.1.4 电子插画集设计

2.2 课程要求

进行课程教学时采用以项目带动教学的方式，通过每个综合项目的制作，完成场景元素动画制作、文字动画制作、特效制作以及插件应用等技巧，并掌握后期特效的项目开发及流程。

3. 项目课时分配及考核权重

项目课时分配及考核权重表

课程名称：特效设计

序号	项目名称	课时	考核权重	备注
1	电视栏目标志设计	11	10%	简单项目
2	开场片头字幕设计	27	25%	简单项目
3	音乐动态背景设计	32	30%	复杂项目
4	电子插画集设计	38	35%	综合项目
合　计		108	100%	

4. 教学建议

4.1 本课程教学内容必须采用项目创新的方法展开教学，每个项目由导师协助学生进行创新的项目制作，导师需具备本专业工程师、讲师以上职称或技师、高级技师职业资格。

4.2 在每个项目开始前，可先分析该项目所使用的工具功能特点，使学生在应用过程中能理解工具的核心功能并熟练使用；还可以针对学生的不同接受情况，进行工具拓展属性内容的教学辅导，及时解决学生在操作过程中遇到的问题，并对不规范操作进行重点分析和修正。

4.3 学生在课堂内完成每一项目的制作并提交作品，学生也可在课后进行补充完善和创新，评价完善项目作品，可以从元素的丰富、动画的流畅以及特效的自然等方面进行评定。

4.4 对于复杂项目，在规定授课时间之外，老师可以对学生进行课外辅导，对于在项目中遇到的操作难点，要总结出来，并且带领学生反复操作至熟练。

4.5 由于软件特效的学习需要大量的时间来理解和消化，所以除在课上规定课时外，还要利用晚自习和业余时间，来完成实训内容。

5. 课程考核

职业功能模块过程考核评价表

课程名称：特效设计

班级：　　　　姓名：　　　　学号：　　　　指导教师：

序号	工作项目名称	考核权重	得分
1	电视栏目标志设计	10%	
2	开场片头字幕设计	25%	
3	音乐动态背景设计	30%	
4	电子插画集设计	35%	
	合　计	100%	

教学项目一　电视栏目标志设计

1. 项目内容

1.1 设置项目

1.2 创建合成图像

1.3 对图层应用特效

1.4 渲染合成图像

2. 项目要求

2.1 能使用特效软件预览和导入素材项

2.2 能应用投影和浮雕特效

2.3 能应用文字动画预设

2.4 能应用溶解变换特效

2.5 能调整图层的透明度

2.6 能渲染播出动画

3. 教学资源

3.1 师资队伍

由专业骨干教师及企业专家组成。需具备本专业工程师、讲师以上职称或技师、高级技师国家职业资格。

3.2 实习场所及教学设备

主要实习场所及教学设备配置表

项目名称：电视栏目标志设计

序号	实习场所名称	设备序号	设备名称	数量	工位数	设备功能	备注
1	数字后期教室	1	学生电脑	20套	20	学习、实训	
		2	教师电脑	1套	1	讲课、示范	
		3	投影设备	1套	1	演示教学	
		4	耳机	20个	20	听声音效果	
		5	音箱	1套	1	听声音效果	
		6	特效设计软件	21套	21	处理制作	
设备总数：			64				

注：此表按20人配置。

4. 任务分解及课时分配

任务分解及课时分配表

教学项目	任务	任务阶段	任务分解	课时
电视栏目标志设计	制作新闻标志设计	前期的项目设置	1. 特效设计软件项目的基础认识 2. 项目的设置 3. 恢复特效设计软件默认设置 4. 使用特效设计软件保存项目	1
		素材的准备	1. 使用特效软件导入素材 2. 保存项目使用 Folders（文件夹）面板 3. 缩放预览图预览 4. 将文件导入到 Project 面板	3
		合成图像的创建	1. 创建新的合成图像 2. 重命名图像 3. 将素材导入到 Timeline 面板 4. 导入 Illustrator 文件图层 5. 对图层文件应用特效 6. 应用动画预设	5
		图像的渲染合成	1. 渲染的格式 2. 将合成图像添加到渲染队列 3. 设置渲染选项 4. 生成播出质量的文件 5. 输出用于网页的合成文件	2

5. 项目考核

职业功能模块教学项目过程考核评价表

项目名称：电视栏目标志设计

班级：　　　　　　姓名：　　　　　　学号：　　　　　　指导老师：

<table>
<tr><td rowspan="3">评价项目</td><td rowspan="3">评价标准</td><td rowspan="3">评价依据
（信息、佐证）</td><td colspan="3">评价方式</td><td rowspan="3">权重</td><td rowspan="3">得分
小计</td></tr>
<tr><td>小组评价</td><td>学校评价</td><td>企业评价</td></tr>
<tr><td>0.1</td><td colspan="2">0.9</td></tr>
<tr><td>职业素质</td><td>1. 和谐的团队合作精神
2. 遵守管理规定
3. 按时完成学习及工作任务
4. 工作积极主动、勤学好问</td><td>考勤表、
教学日志</td><td></td><td></td><td></td><td>0.2</td><td></td></tr>
<tr><td rowspan="2">专业能力</td><td rowspan="2">1. 应用投影和浮雕特效合理
2. 完成文字动画的流畅性</td><td rowspan="2">项目作品</td><td></td><td></td><td></td><td>0.3</td><td></td></tr>
<tr><td></td><td></td><td></td><td>0.4</td><td></td></tr>
<tr><td>创新能力</td><td>在原有项目之上，添加一个或一个以上标志或背景元素，使画面呈现复合效果</td><td>项目作品</td><td></td><td></td><td></td><td>0.1</td><td></td></tr>
<tr><td>指导教师
综合评价</td><td colspan="7">
指导老师签名：　　　　　　　　　　　　　　日期：</td></tr>
</table>

注：1. 此表一式两份，一份由院校存档，一份入预备技师学籍档案。
2. 考核成绩均为百分制。

教学项目二　开场片头字幕设计

1. 项目内容

1.1 创建并格式化点阵文字

1.2 使用文字动画组

1.3 对蜻蜓制作动画

1.4 添加运动模糊

2. 项目要求

2.1 创建文字图层，并对文字进行动画处理

2.2 用预设创建文字动画

2.3 使用关键帧创建文字动画

2.4 应用特效中的父子关系对图层进行动画处理

2.5 用文字动画组对图层中选中的文本做动画处理

2.6 对图形对象应用文字动画

3. 教学资源

3.1 师资队伍

由专业骨干教师及企业专家组成。需具备本专业工程师、讲师以上职称或技师、高级技师国家职业资格。

3.2 实习场所及教学设备

主要实习场所及教学设备配置表

项目名称：开场片头字幕设计

序号	实习场所名称	设备序号	设备名称	数量	工位数	设备功能	备注
1	数字后期教室	1	学生电脑	20套	20	学习、实训	
		2	教师电脑	1套	1	讲课、示范	
		3	投影设备	1套	1	演示教学	
		4	耳机	20个	20	听声音效果	
		5	音箱	1套	1	听声音效果	
		6	特效设计软件	21套	21	处理制作	
设备总数：			64				

注：此表按20人配置。

4. 任务分解及课时分配

任务分解及课时分配表

教学项目	任务	任务阶段	任务分解	课时
开场片头字幕设计	制作动画片开场致谢名单	创建并格式化点阵文字	1. 设置项目 2. 导入素材创建合成图像 3. 文字图层	7
			1. 使用Character（字符）面板 2. 使用Paragraph面板 3. 定位文本	
			1. 浏览预设 2. 预览指定范围内的帧 3. 定制动画预设	
		制作文字动画	1. 隔离图层 2. 创建缩放关键帧 3. 预览播放动画	10
			1. 应用特效中父子化关系进行动画处理 2. 为导入的Photoshop文字制作动画 3. 用路径预设制作文字动画	
			1. 制作文字追踪动画 2. 对文字不透明度做动画处理 3. 使用文字动画组 4. 修整路径动画	

续表

教学项目	任务	任务阶段	任务分解	课时
开场片头字幕设计	制作动画片开场致谢名单	对蜻蜓制作动画	1. 导入蜻蜓素材 2. 将素材导入 Timeline 面板中	9
			1. 复制模板形状 2. 确定蜻蜓的飞行方向 3. 协调文字和蜻蜓的时序	
		添加运动模糊	1. 开启运动模糊 2. RAM 预览整个动画 3. 保存项目 4. 输出影片	1

5. 项目考核

职业功能模块教学项目过程考核评价表

项目名称：开场片头字幕设计

班级： 姓名： 学号： 指导老师：

评价项目	评价标准	评价依据（信息、佐证）	评价方式			权重	得分小计
			小组评价	学校评价	企业评价		
			0.1	0.9			
职业素质	1. 和谐的团队合作精神 2. 遵守管理规定 3. 按时完成学习及工作任务 4. 工作积极主动、勤学好问	考勤表、教学日志				0.2	
专业能力	1. 文字动画处理符合项目要求	项目作品				0.2	
	2. 父子关系动画处理清晰有条理					0.2	
	3. 文字和蜻蜓时序正确					0.2	
	4. 运动模糊效果合理					0.1	
创新能力	在原有项目之上，通过添加一个以上路径动画或文字动画，达到复合效果的制作	项目作品				0.1	
指导教师综合评价	指导老师签名： 日期：						

注：1. 此表一式两份，一份由院校存档，一份入预备技师学籍档案。

2. 考核成绩均为百分制。

教学项目三　音乐动态背景设计

1. 项目内容

1.1 添加形状图层

1.2 创建形状

1.3 合并视、音图层

1.4 体验 Brainstorm 特效设计功能

2. 项目要求

2.1 创建自定义形状

2.2 使用路径操作变换形状

2.3 形状的动画处理

2.4 熟悉 Brainstorm 特效设计功能

3. 教学资源

3.1 师资队伍

由专业骨干教师及企业专家组成。需具备本专业工程师、讲师以上职称或技师、高级技师国家职业资格。

3.2 实习场所及教学设备

主要实习场所及教学设备配置表

项目名称：音乐动态背景设计

序号	实习场所名称	设备序号	设备名称	数量	工位数	设备功能	备注
1	数字后期教室	1	学生电脑	20 套	20	学习、实训	
		2	教师电脑	1 套	1	讲课、示范	
		3	投影设备	1 套	1	演示教学	
		4	耳机	20 个	20	听声音效果	
		5	音箱	1 套	1	听声音效果	
		6	特效设计软件	21 套	21	处理制作	
设备总数：			64				

注：此表按 20 人配置。

4. 任务分解及课时分配

任务分解及课时分配表

教学项目	任务	任务阶段	任务分解	课时
音乐动态背景设计	制作 DJ 动态背景	形状图层的使用	设置形状图层	10
		添加形状图层	1. 绘制形状 2. 应用渐变填充 3. 更改渐变设置	
		创建形状	1. 绘制多边形 2. 扭曲形状 3. 复制形状	15
			1. 旋转形状 2. 将形状与背景混合 3. 创建星形形状	
		合并视、音图层	1. 添加音、视频文件 2. 调整工作区 3. 输出生成影片	7
			添加标题栏	

5. 项目考核

职业功能模块教学项目过程考核评价表

项目名称：音乐动态背景设计

班级：　　　　姓名：　　　　学号：　　　　指导老师：

评价项目	评价标准	评价依据（信息、佐证）	评价方式			权重	得分小计
			小组评价	学校评价	企业评价		
			0.1	0.9			
职业素质	1. 和谐的团队合作精神 2. 遵守管理规定 3. 按时完成学习及工作任务 4. 工作积极主动、勤学好问	考勤表、教学日志				0.2	
专业能力	1. 创建自定义的形状符合项目要求	项目作品				0.2	
	2. 渐变设置符合项目要求					0.2	
	3. 编辑多边形符合项目要求					0.2	
	4. 形状与背景混合处理符合项目要求					0.1	
创新能力	通过增加形状图层，创建不同形状，使画面呈现复合的效果	项目作品				0.1	
指导教师综合评价	指导老师签名：　　　　日期：						

注：1. 此表一式两份，一份由院校存档，一份入预备技师学籍档案。

2. 考核成绩均为百分制。

教学项目四　电子插画集设计

1. 项目内容

1.1 场景的动画处理

1.2 应用其他元素进行动画处理

1.3 添加音轨

1.4 渲染和输出

2. 项目要求

2.1 图层的高级使用技法

2.2 动画的高级处理技法

2.3 应用 Radio Waves（无线电波）特效

2.4 向项目添加音效

2.5 使用时间重映功能添加循环播放音轨

2.6 创建渲染设置模板

2.7 创建输出模块模板

3. 教学资源

3.1 师资队伍

由专业骨干教师及企业专家组成。需具备本专业工程师、讲师以上职称或技师、高级技师国家职业资格。

3.2 实习场所及教学设备

主要实习场所及教学设备配置表

项目名称：电子插画集设计

序号	实习场所名称	设备序号	设备名称	数量	工位数	设备功能	备注
1	数字后期教室	1	学生电脑	20套	20	学习、实训	
		2	教师电脑	1套	1	讲课、示范	
		3	投影设备	1套	1	演示教学	
		4	耳机	20个	20	听声音效果	
		5	音箱	1套	1	听声音效果	
		6	特效设计软件	21套	21	处理制作	
设备总数：			64				

注：此表按 20 人配置。

4. 任务分解及课时分配

任务分解及课时分配表

教学项目	任务	任务阶段	任务分解	课时
电子插画集设计	制作电子插画集	场景的动画处理	1. 设置父子关系 2. 对父子关系进行动画处理	15
			1. 对蜜蜂的位置做动画处理 2. 对图层进行裁剪 3. 应用运动模糊特效	
		应用其他元素进行动画处理	1. 调整轴点 2. 使用矢量图形对图像进行蒙版 3. 创建运动路径关键帧	15
			1. 对经过的车辆进行动画处理 2. 对建筑物进行动画处理 3. 添加特效	
		添加音轨	1. 添加音轨 2. 循环播放音轨	3
		渲染和输出	1. 创建渲染处理模板 2. 为输出模块创建模板	5
			渲染出不同的输出媒体格式文件	

5. 项目考核

职业功能模块教学项目过程考核评价表

项目名称：<u>电子插画集设计</u>

班级：　　　　　　姓名：　　　　　　学号：　　　　　　指导老师：

评价项目	评价标准	评价依据（信息、佐证）	评价方式			权重	得分小计
			小组评价	学校评价	企业评价		
			0.1	0.9			
职业素质	1. 和谐的团队合作精神 2. 遵守管理规定 3. 按时完成学习及工作任务 4. 工作积极主动、勤学好问	考勤表、教学日志				0.2	
专业能力	1. 建筑物和蜜蜂动画的流畅 2. 音轨添加的准确无误 3. 完整并清晰的项目输出渲染	项目作品				0.3	
						0.2	
						0.2	
创新能力	在原有项目之上添加一个或一个以上动画元素，使画面更加丰富	项目作品				0.1	

续表

评价项目	评价标准	评价依据（信息、佐证）	评价方式			权重	得分小计
			小组评价	学校评价	企业评价		
			0.1	0.9			
指导教师综合评价	指导老师签名：		日期：				

注：1. 此表一式两份，一份由院校存档，一份入预备技师学籍档案。

2. 考核成绩均为百分制。

配音与音效制作课程大纲

1. 课程性质和任务

1.1 课程性质

本课程是电脑动画专业预备技师的一门能力拓展课程。

1.2 课程任务

通过本课程的训练，使学生能按照给定的动画片画面内容片段用声音表演，完成动画片角色配音以及环境所需的音效制作。

2. 课程内容及要求

2.1 课程内容

2.1.1 配音（口音校正、音画同步、表演、情感、夸张、变声）

2.1.2 收音（音频的格式、收音设备的操作）

2.1.3 音效录制与模拟音效（环境音、特效音、真实音、模拟音）

2.1.4 音乐制作（音乐素材的处理）

2.1.5 音频剪辑与合成

2.2 课程要求

通过本课程的训练，使学生能根据脚本和动画画面制作出一段完整的音频，能根据人物情感进行对白表演，能录制真实环境音，能对配音及音效进行特效处理，能制作基本的背景音乐。同时该课程在教学过程中，要注意培养学生对事物的观察能力，体会动画片的情感诉求，能对音频素材进行合理加工。

3. 项目课时分配及考核权重

项目课时分配及考核权重表

课程名称： 配音与音效制作

序号	项目名称	课时	考核权重	备注
1	《网吧落难》配音与音效制作	18	25%	小项目
2	《同学之谊》配音与音效制作	18	25%	大项目
3	《深夜探险》配音与音效制作	18	25%	复杂项目
4	《见义勇为》配音与音效制作	18	25%	综合项目
合　计		72	100%	

4. 教学建议

4.1 该课程教学内容建议采用项目教学一体化来组织教学，导师需具备本专业工程师、讲师以上职称或技师、高级技师职业资格，并具有电视台、动画公司、影视后期制作公司等单位一年以上音频后期制作工作经验。

4.2 该课程的每一个教学项目，都是以完整工作过程为主线，在项目教学过程中，要改变“音乐理论—乐器—录音—效果处理—音频剪辑”的教学理念，建议按照工作过程导向来设计课程，按照工作过程的需要来选择知识，采用以工作任务为中心，理论与实践融为一体的课程教学。

4.3 该课程的教学任务，要选择具有典型语境特点的内容来进行教学，为学生提供体验完整工作过程的学习经历和积累工作经验，促进他们从学习者到工作者角色的转换，形成自我负责的学习态度，并在工作实践的基础上掌握和运用理论知识，激发兴趣，主动探索。

4.4 该课程通过精心设计的项目训练来丰富学生的实践经验，实行阶段学习与过程考核制，毕业时不再进行职业资格鉴定。

4.5 该课程项目要求教师与学生在课前必须做好充分的教与学的准备，重视前期资料及信息的收集整理，以利于在课堂上做到师生有效互动，提高教学效率，保障教学效果。

4.6 该课程项目训练需要较大量时间来进行表演和真实环境音录制活动，建议学生不仅在规定课时的课堂上进行训练，也可利用晚自习和业余时间，学念剧本、练习肺活量和做变声练习，甚至还有大声喊叫与狂笑等极端表情练习，以训练声音的瞬间爆发力。

5. 课程考核

职业功能模块过程考核评价表

课程名称： 配音与音效制作

班级：　　　　姓名：　　　　学号：　　　　指导教师：

序号	工作项目名称	考核权重	得分
1	《网吧落难》配音与音效制作	25%	
2	《同学之谊》配音与音效制作	25%	
3	《深夜探险》配音与音效制作	25%	
4	《见义勇为》配音与音效制作	25%	
合　计		100%	

教学项目一　《网吧落难》配音与音效制作

1. 项目内容

1.1 根据“一个小学生因痴迷网络，最终因无钱付上网费而被挟持……”的动画片段进行配音与音效制作练习

1.2 录制网吧内环境及街道环境音效

2. 项目要求

2.1 掌握剧情类背景音乐的特点，能制作不同风格的背景音乐

2.2 掌握相关动画中效果音的表现手法，能制作各种类型的效果音

2.3 掌握营造气氛的音乐表现手法，能制作不同气氛下的音效

2.4 能根据画面场景录制相应人声，并能处理和添加效果

2.5 训练结束，要求每个学生提供材料：

2.5.1 收集 3 首以上的紧张类背景音乐

2.5.2 收集紧张场景的相关音效

3. 教学资源

3.1 师资队伍

由专业骨干教师及企业专家组成。需具备本专业工程师、讲师以上职称或技师、高级技师国家职业资格。

3.2 基础设施

3.2.1 音频卡、监听音响、调音台

3.2.2 音序器、音源

3.3 实习场所及教学设备

实习场所及教学设备

项目名称：《网吧落难》配音与音效制作

序号	实习场所名称	设备序号	设备名称	数量	工位数	设备功能	备注
1	录音棚	1	音频工作站	2套	2	音频制作	
		2	调音台	1套	1	声音调整	
		3	GM 波音表音源插件	1套	1	声音制作	
		4	监听音箱	1套	1	监听	
		5	耳机	4套	4	监听	
		6	录音电容麦	2套	2	录音	
		7	MIDI 键盘	1套	1	制作音效	
		8	音序器	1套	1	声音制作	
		9	音效素材库	1套	1	音效制作	
2	音频制作教室	1	学生电脑	20套	20	学习、实训	
		2	教师电脑	1套	1	讲课、示范	
		3	音频卡	21套	21	音频采集及制作	
		4	投影设备	1套	1	演示教学	
		5	耳机	20套	20	监听	
		6	监听音箱	1套	1	监听	
设备总数：			78				

注：此表按 20 人配置。

4. 任务分解及课时分配

任务分解及课时分配表

教学项目	任务	任务分解	课时
《网吧落难》配音与音效制作	1. 录制真实网吧环境音 2. 录制街道环境音 3. 录制人物对白 4. 录制游戏进行中的音频 5. 制作打击的效果音 6. 制作昆虫飞的效果音 7. 制作动作效果音 8. 音频混编	1. 观察生活，留意细节，通过便携设备录制基本效果音 2. 将构思数字化，转化为音频，不断定位论证、推敲、修正，在多个音频中去探讨最合适的声音表现，对动画片的风格进行定位 3. 为角色录制符合其个性及当时情绪的人声 4. 为每一个动作制作效果音，并使其真实或具卡通化 5. 根据剧情的需要，可给角色加入更多细节音效来让角色表演显得更加到位，让听者感觉动画更具立体感 6. 根据情节要求，制作不同风格的背景音乐 7. 正确操作使用收音设备 8. 使用音源加入模拟音 9. 为录制好的音频加入特效 10. 对音频进行混编	18

5. 项目考核

职业功能模块教学项目过程考核评价表

项目名称：《网吧落难》配音与音效制作

班级：　　　　姓名：　　　　学号：　　　　指导老师：

评价项目	评价标准	评价依据（信息、佐证）	评价方式			权重	得分小计
			小组评价	学校评价	企业评价		
			0.1	0.9			
职业素质	1. 遵守企业管理规定、劳动纪律 2. 按时完成学习及工作任务 3. 工作积极主动、勤学好问	考勤表、教学日志				0.2	
专业能力	1. 收集素材	工作笔记				0.05	
	2. 真实环境音录制	制作成品				0.05	
	3. 对白与表演	制作成品				0.2	
	4. 制作动作音	制作成品				0.1	
	5. 处理背景音乐	制作成品				0.1	
	6. 为素材音加入特效	制作成品				0.1	
	7. 混编音频	制作成品				0.1	
创新能力	相同剧情下的不同风格表演，对角色性格及情绪的把握能力，对气氛的音乐掌控能力	制作成品				0.1	

续表

<table>
<tr><td rowspan="3">评价项目</td><td rowspan="3">评价标准</td><td rowspan="3">评价依据
（信息、佐证）</td><td colspan="3">评价方式</td><td rowspan="3">权重</td><td rowspan="3">得分
小计</td></tr>
<tr><td>小组评价</td><td>学校评价</td><td>企业评价</td></tr>
<tr><td>0.1</td><td colspan="2">0.9</td></tr>
<tr><td>指导教师
综合评价</td><td colspan="7">指导老师签名：　　　　　　　　　　　　　　　　日期：</td></tr>
</table>

注：1. 此表一式两份，一份由院校存档，一份入预备技师学籍档案。

2. 考核成绩均为百分制。

教学项目二 《同学之谊》配音与音效制作

1. 项目内容

1.1 根据“同学落难，大家伸出援手，最终取得成功……”的动画片段进行配音与音效制作练习

1.2 录制五种不同性格人物的配音

1.3 录制海边的环境音

1.4 制作紧张、突然出现、跌倒等音效

2. 项目要求

2.1 能制作紧张的音乐衬托争吵的气氛

2.2 能设计不同性格人声和处理音频

2.3 能根据画面设计出争吵时场景道具的音频

2.4 能根据画面设计出符合节奏与动作的效果音

2.5 训练结束，要求每个学生提供材料：

2.5.1 收集 3 首以上具有紧张气氛的快节奏音乐

2.5.2 各种风格的人声配音一段

2.5.3 场景道具等音效制作

3. 教学资源

3.1 师资队伍

由专业骨干教师及企业专家组成。需具备本专业工程师、讲师以上职称或技师、高级技师国家职业资格。

3.2 基础设施

3.2.1 音频卡、监听音响、调音台

3.2.2 音序器、音源

3.3 实习场所及教学设备

实习场所及教学设备

项目名称：《同学之谊》配音与音效制作

序号	实习场所名称	设备序号	设备名称	数量	工位数	设备功能	备注
1	录音棚	1	音频工作站	2套	2	音频制作	
		2	调音台	1套	1	声音调整	
		3	GM波音表音源插件	1套	1	声音制作	
		4	监听音箱	1套	1	监听	
		5	耳机	4套	4	监听	
		6	录音电容麦	2套	2	录音	
		7	MIDI键盘	1套	1	制作音效	
		8	音序器	1套	1	声音制作	
		9	音效素材库	1套	1	音效制作	
2	音频制作教室	1	学生电脑	20套	20	学习、实训	
		2	教师电脑	1套	1	讲课、示范	
		3	音频卡	21套	21	音频采集及制作	
		4	投影设备	1套	1	演示教学	
		5	耳机	20套	20	监听	
		6	监听音箱	1套	1	监听	
设备总数：				78			

注：此表按20人配置。

4. 任务分解及课时分配

任务分解及课时分配表

教学项目	任务	任务分解	课时
《同学之谊》配音与音效制作	1. 录制真实海边环境音 2. 录制教室环境音 3. 录制人物对白 4. 录制人物一起笑的音频 5. 制作动作效果音 6. 制作海鸥飞翔的效果音 7. 制作回响效果音 8. 音频混编	1. 观察生活，留意细节，通过便携设备录制基本效果音 2. 将构思数字化，转化为音频，不断定位论证、推敲、修正，在多个音频中去探讨最合适的声音表现，对动画片的风格进行定位 3. 为角色录制符合其个性及当时情绪的人声 4. 为每一个动作制作效果音，并使其真实或具卡通化 5. 根据剧情的需要，可给角色加入更多细节音效来让角色表演显得更加到位，让听者感觉动画更具立体感 6. 根据情节要求，制作不同风格的背景音乐 7. 正确操作使用收音设备 8. 使用音源加入模拟音 9. 为录制好的音频加入特效 10. 对音频进行混编	18

5. 项目考核

职业功能模块教学项目过程考核评价表

项目名称：《同学之谊》配音与音效制作

班级：　　　　姓名：　　　　学号：　　　　指导老师：

<table>
<tr><th rowspan="3">评价项目</th><th rowspan="3">评价标准</th><th rowspan="3">评价依据
（信息、佐证）</th><th colspan="3">评价方式</th><th rowspan="3">权重</th><th rowspan="3">得分
小计</th></tr>
<tr><th>小组评价</th><th>学校评价</th><th>企业评价</th></tr>
<tr><th>0.1</th><th colspan="2">0.9</th></tr>
<tr><td>职业素质</td><td>1. 遵守企业管理规定、劳动纪律
2. 按时完成学习及工作任务
3. 工作积极主动、勤学好问</td><td>考勤表、
教学日志</td><td></td><td></td><td></td><td>0.2</td><td></td></tr>
<tr><td rowspan="7">专业能力</td><td>1. 收集素材</td><td>工作笔记</td><td></td><td></td><td></td><td>0.05</td><td></td></tr>
<tr><td>2. 真实环境音录制</td><td>制作成品</td><td></td><td></td><td></td><td>0.05</td><td></td></tr>
<tr><td>3. 对白与表演</td><td>制作成品</td><td></td><td></td><td></td><td>0.2</td><td></td></tr>
<tr><td>4. 制作动作音</td><td>制作成品</td><td></td><td></td><td></td><td>0.1</td><td></td></tr>
<tr><td>5. 处理背景音乐</td><td>制作成品</td><td></td><td></td><td></td><td>0.1</td><td></td></tr>
<tr><td>6. 为素材音加入特效</td><td>制作成品</td><td></td><td></td><td></td><td>0.1</td><td></td></tr>
<tr><td>7. 混编音频</td><td>制作成品</td><td></td><td></td><td></td><td>0.1</td><td></td></tr>
<tr><td>创新能力</td><td>相同剧情下的不同风格表演，对角色性格及情绪的把握能力，对气氛的音乐掌控能力</td><td>制作成品</td><td></td><td></td><td></td><td>0.1</td><td></td></tr>
<tr><td>指导教师
综合评价</td><td colspan="7">指导老师签名：　　　　　　　　　　　　日期：</td></tr>
</table>

注：1. 此表一式两份，一份由院校存档，一份入预备技师学籍档案。
　　2. 考核成绩均为百分制。

教学项目三　《深夜探险》配音与音效制作

1. 项目内容

1.1 根据“深夜探险……”的动画片段进行配音与音效制作练习

1.2 制作一段紧张的、恐怖的背景音乐

1.3 制作在深夜里，鸟被惊吓得四处乱飞的环境音效

1.4 录制一段带有回响效果的人说话声音

2. 项目要求

2.1 能制作紧张的、恐怖的背景音乐

2.2 能制作中低音效果来烘托恐怖气氛

2.3 能对人声加以处理使其达到回响的效果

2.4 训练结束，要求每个学生提供材料：

2.4.1 收集 3 首以上具有恐怖气氛的背景音乐

2.4.2 夜晚学校走廊的音效收集与分类

2.4.3 紧张的音效收集与分类

3. 教学资源

3.1 师资队伍

由专业骨干教师及企业专家组成。需具备本专业工程师、讲师以上职称或技师、高级技师国家职业资格。

3.2 基础设施

3.2.1 音频卡、监听音响、调音台

3.2.2 音序器、音源

3.3 实习场所及教学设备

实习场所及教学设备

项目名称：《深夜探险》配音与音效制作

序号	实习场所名称	设备序号	设备名称	数量	工位数	设备功能	备注
1	录音棚	1	音频工作站	2套	2	音频制作	
		2	调音台	1套	1	声音调整	
		3	GM 波音表音源插件	1套	1	声音制作	
		4	监听音箱	1套	1	监听	
		5	耳机	4套	4	监听	
		6	录音电容麦	2套	2	录音	
		7	MIDI 键盘	1套	1	制作音效	
		8	音序器	1套	1	声音制作	
		9	音效素材库	1套	1	音效制作	
2	音频制作教室	1	学生电脑	20套	20	学习、实训	
		2	教师电脑	1套	1	讲课、示范	
		3	音频卡	21套	21	音频采集及制作	
		4	投影设备	1套	1	演示教学	
		5	耳机	20套	20	监听	
		6	监听音箱	1套	1	监听	
设备总数：			78套				

注：此表按 20 人配置。

4. 任务分解及课时分配

任务分解及课时分配表

教学项目	任务	任务分解	课时
《深夜探险》配音与音效制作	1. 录制脚步音 2. 制作紧张气氛背景音乐 3. 录制人物对白 4. 录制马桶冲水的声音 5. 录制开门的声音 6. 制作打击的效果音 7. 制作动作效果音 8. 音频混编	1. 观察生活，留意细节，通过便携设备录制基本效果音 2. 将构思数字化，转化为音频，不断定位论证、推敲、修正，在多个音频中去探讨最合适的声音表现，对动画片的风格进行定位 3. 为角色录制符合其个性及当时情绪的人声 4. 为每一个动作制作效果音，并使其真实或具卡通化 5. 根据剧情的需要，可给角色加入更多细节音效来让角色表演显得更加到位，让听者感觉动画更具立体感 6. 根据情节要求，制作不同风格的背景音乐 7. 正确操作使用收音设备 8. 使用音源加入模拟音 9. 为录制好的音频加入特效 10. 对音频进行混编	18

5. 项目考核

职业功能模块教学项目过程考核评价表

项目名称：《深夜探险》配音与音效制作

班级：　　　　姓名：　　　　学号：　　　　指导老师：

评价项目	评价标准	评价依据（信息、佐证）	评价方式			权重	得分小计
			小组评价	学校评价	企业评价		
			0.1	0.9			
职业素质	1. 遵守企业管理规定、劳动纪律 2. 按时完成学习及工作任务 3. 工作积极主动、勤学好问	考勤表、教学日志				0.2	
专业能力	1. 收集素材	工作笔记				0.05	
	2. 真实环境音录制	制作成品				0.05	
	3. 对白与表演	制作成品				0.2	
	4. 制作动作音	制作成品				0.1	
	5. 处理背景音乐	制作成品				0.1	
	6. 为素材音加入特效	制作成品				0.1	
	7. 混编音频	制作成品				0.1	
创新能力	相同剧情下的不同风格表演，对角色性格及情绪的把握能力，对气氛的音乐掌控能力	制作成品				0.1	

续表

评价项目	评价标准	评价依据（信息、佐证）	评价方式			权重	得分小计
			小组评价	学校评价	企业评价		
			0.1	0.9			
指导教师综合评价	指导老师签名：		日期：				

注：1. 此表一式两份，一份由院校存档，一份入预备技师学籍档案。

2. 考核成绩均为百分制。

教学项目四 《见义勇为》配音与音效制作

1. 项目内容

1.1 根据“匪徒行窃，被指认仍抵赖，同学们巧计破骗局……”的动画片段进行配音与音效制作练习

1.2 制作一段有打斗及跌倒的背景音乐

1.3 制作火车上的环境音效

1.4 录制人物对白音频

2. 项目要求

2.1 能制作出衬托激烈、杂乱气氛的背景音乐

2.2 能掌握火车里所有音效的采集与处理

2.3 能掌握变声效果

2.4 能对人声、音效、背景音乐三者进行混合制作

2.5 训练结束，要求每个学生提供材料：

2.5.1 收集 3 首以上的激烈的背景音乐

2.5.2 收集火车上的音效并整理

2.5.3 一段被打后很困难睁开眼睛的音效

3. 教学资源要求

3.1 师资队伍

由专业骨干教师及企业专家组成。需具备本专业工程师、讲师以上职称或技师、高级技师国家职业资格。

3.2 基础设施

3.2.1 音频卡、监听音响、调音台

3.2.2 音序器、音源

3.3 实习场所及教学设备

实习场所及教学设备

项目名称：《见义勇为》配音与音效制作

序号	实习场所名称	设备序号	设备名称	数量	工位数	设备功能	备注
1	录音棚	1	音频工作站	2套	2	音频制作	
		2	调音台	1套	1	声音调整	
		3	GM波音表音源插件	1套	1	声音制作	
		4	监听音箱	1套	1	监听	
		5	耳机	4套	4	监听	
		6	录音电容麦	2套	2	录音	
		7	MIDI键盘	1套	1	制作音效	
		8	音序器	1套	1	声音制作	
		9	音效素材库	1套	1	音效制作	
2	音频制作教室	1	学生电脑	20套	20	学习、实训	
		2	教师电脑	1套	1	讲课、示范	
		3	音频卡	21套	21	音频采集及制作	
		4	投影设备	1套	1	演示教学	
		5	耳机	20套	20	监听	
		6	监听音箱	1套	1	监听	
设备总数：			78				

注：此表按20人配置。

4. 任务分解及课时分配

任务分解及课时分配表

教学项目	任务	任务分解	课时
《见义勇为》配音与音效制作	1. 录制真实火车上环境音 2. 录制人物对白 3. 录制人物跌倒的效果音 4. 录制雷电的音频 5. 制作打击的效果音 6. 制作手机铃声的效果音 7. 制作动作效果音 8. 音频混编	1. 观察生活，留意细节，通过便携设备录制基本效果音 2. 将构思数字化，转化为音频，不断定位论证、推敲、修正，在多个音频中去探讨最合适的声音表现，对动画片的风格进行定位 3. 为角色录制符合其个性及当时情绪的人声 4. 为每一个动作制作效果音，并使其真实或具卡通化 5. 根据剧情的需要，可给角色加入更多细节音效来让角色表演显得更加到位，让听者感觉动画更具立体感 6. 根据情节要求，制作不同风格的背景音乐 7. 正确操作使用收音设备 8. 使用音源加入模拟音 9. 为录制好的音频加入特效 10. 对音频进行混编	18

5. 项目考核

职业功能模块教学项目过程考核评价表

项目名称：《见义勇为》配音与音效制作

班级：　　　　　　　　姓名：　　　　　　　　学号：　　　　　　　　指导老师：

评价项目	评价标准	评价依据（信息、佐证）	评价方式			权重	得分小计
			小组评价	学校评价	企业评价		
			0.1	0.9			
职业素质	1. 遵守企业管理规定、劳动纪律 2. 按时完成学习及工作任务 3. 工作积极主动、勤学好问	考勤表、教学日志				0.2	
专业能力	1. 收集素材	工作笔记				0.05	
	2. 真实环境音录制	制作成品				0.05	
	3. 对白与表演	制作成品				0.2	
	4. 制作动作音	制作成品				0.1	
	5. 处理背景音乐	制作成品				0.1	
	6. 为素材音加入特效	制作成品				0.1	
	7. 混编音频	制作成品				0.1	
创新能力	相同剧情下的不同风格表演，对角色性格及情绪的把握能力，对气氛的音乐掌控能力	制作成品				0.1	
指导教师综合评价	指导老师签名：　　　　　　　　　　日期：						

注：1. 此表一式两份，一份由院校存档，一份入预备技师学籍档案。

2. 考核成绩均为百分制。

动画脚本创编课程大纲

1. 课程性质和任务

1.1 课程性质

本课程是动画设计制作专业预备技师的一门能力拓展课程。

1.2 课程任务

通过本课程的开设，要求学生掌握动画脚本的基本特性和格式，掌握动画脚本创编的基本理论和创作技巧，能够根据市场需求及观众定位改编和创作出不同类型的动画脚本。

2. 课程内容及要求

2.1 课程内容

2.1.1 动画脚本的格式及特性

2.1.2 动物脚本创编中的人物塑造

2.1.3 动画脚本的题材和主题

2.1.4 动画脚本的情节和冲突

2.1.5 民间故事及童话的改编

2.1.6 动画短片脚本创作

2.2 课程要求

进行本课程的教学时，应采用任务驱动法组织教学，将知识点嵌入到具体的教学项目中，理论和创作实践结合，避免单独枯燥的理论知识的传授。要力求使学生在掌握基本理论和创作技巧的基础上摆脱“白纸恐惧”，体验创作带来的满足感。在进行第一个项目的教学时，要结合具体的实例，向学生讲解动画片文字脚本的格式和特性；在进行第二个项目的教学时，在学生完成任务前，教师要通过大量样例使学生充分理解并牢固掌握文字分镜脚本的基本知识；在进行第三、四个项目的教学时，通过对经典动画片的分析，以生动、丰富、直观的形式使学生掌握动画脚本创编中幻想与逻辑、主题与结构、人物及性格、造型与对白、情节与冲突、开头与结尾等基本理论知识，穿插讲解民间故事、童话故事的题材、类型和主题等知识点，着力强调改编的形式、要素和技巧。进行第五个项目的教学时，首先让学生掌握动画短片的类型及特点以及动画短片的创作技巧，然后指导学生进行创作实践。

3. 项目课时分配及考核权重

项目课时分配及考核权重表

课程名称：动画脚本创编

序号	项目名称	课时（周）	考核权重	备注
1	《抢枕头》动画脚本创编	3	8%	

续表

序号	项目名称	课时（周）	考核权重	备注
2	《海底总动员》片段的分镜头脚本创编	3	8%	
3	《老鼠嫁女儿》动画脚本创编	8	22%	
4	《动物学校》动画脚本创编	10	28%	
5	《身边的一件事》动画短片脚本创编	12	34%	
合　计		36	100%	

4. 教学建议

4.1 教学应遵循直观性原则，教师要结合大量实例讲解理论知识，使学生在充分理解并掌握创作规律和技巧的基础上进行改编与创作。

4.2 教学内容应遵循循序渐进的原则，对基本理论和创作技巧的讲解要做到由易到难、深入浅出。

5. 课程考核

职业功能模块过程考核评价表

课程名称：动画脚本创编

班级：　　　　姓名：　　　　学号：　　　　指导教师：

序号	工作项目名称	考核权重	得分
1	《抢枕头》动画脚本创编	8%	
2	《海底总动员》片段的分镜头脚本创编	8%	
3	《老鼠嫁女儿》动画脚本创编	22%	
4	《动物学校》动画脚本创编	28%	
5	《身边的一件事》动画短片脚本创编	34%	
合　计		100%	

教学项目一　《抢枕头》动画脚本创编

1. 项目内容

通过该项目的训练，要求学生掌握动画脚本的基本格式和特性，能用正确的格式将给定的动画短片转换为动画脚本。

2. 项目要求

2.1 能区分动画脚本和文学剧本

2.2 能根据动画脚本的格式进行动画脚本创编

2.3 能根据动画脚本的特性进行动画脚本创编

2.4 按照动画脚本格式和特性将《抢枕头》转换为动画脚本

3. 教学资源

3.1 师资队伍

由专业骨干教师及企业专家组成。需具备本专业工程师、讲师以上职称或技师、高级技师国家职业资格。

3.2 实习场所及教学设备

实习场所及教学设备

项目名称：《抢枕头》动画脚本创编

序号	实习场所名称	设备序号	设备名称	数量	工位数	设备功能	备注
1	多媒体教室	1	学生电脑	20套	20	学习、实训	
		2	教师电脑	1套	1	讲课、示范	
		3	投影设备	1套	1	演示教学	
		4	音箱	1套	1	收听	
		5	移动硬盘	1块	1	存储	
		6	教学软件	21套	21	处理制作	
设备总数：			45				

注：此表按20人配置。

3.3 教师准备

3.3.1 准备《音乐船》《情债》《名侦探柯南》《忍者神龟》动画脚本

3.3.2 准备视频资料《抢枕头》

3.3.3 提供给学生相关资料和动画脚本创作的相关网址

3.4 学生准备

根据教师提供的网站，搜索并阅读有关动画脚本格式和特性的文本资料。

4. 任务分解及课时分配

任务分解及课时分配表

教学项目	任务	任务分解	课时
《抢枕头》动画脚本创编	1. 能区分动画脚本和文学剧本 2. 能根据动画脚本的格式进行动画脚本创编 3. 能根据动画脚本特性进行动画脚本创编 4. 按照动画脚本格式和特性将《抢枕头》转换为动画脚本	1. 结合具体作品引导学生剖析动画脚本和文学剧本的表达方式 2. 结合具体作品引导学生理解动画脚本和文学剧本的不同风格 3. 结合具体作品引导学生分析动画脚本和文学剧本在塑造人物方面的不同方法 4. 结合样例，掌握动画脚本的格式 5. 结合具体案例，引导学生理解动画脚本的特性 6. 反复播放视频资料，指导学生用正确的格式将动画片《抢枕头》视频转换为动画脚本	3

5. 项目考核

职业功能模块教学项目过程考核评价表

项目名称：《抢枕头》动画脚本创编

班级：　　姓名：　　学号：　　指导老师：

评价项目	评价标准	评价依据（信息、佐证）	评价方式			权重	得分小计
			小组评价	学校评价	企业评价		
			0.1	0.9			
职业素质	1. 遵守企业管理规定、劳动纪律 2. 按时完成学习及工作任务 3. 工作积极主动、勤学好问	考勤表、教学日志				0.2	
职业能力	1. 掌握动画脚本的基本格式 2. 理解动画脚本的基本特性 3. 能够按照正确的格式将视频转换为动画脚本	课堂表现 动画脚本				0.6	
创新能力	能撰写出生动有趣、富有表演力的文字脚本	动画脚本				0.2	
指导教师综合评价	指导老师签名：　　日期：						

注：1. 此表一式两份，一份由院校存档，一份入预备技师学籍档案。
2. 考核成绩均为百分制。

教学项目二　《海底总动员》片段的分镜头脚本创编

1. 项目内容

通过该项目的训练，要求学生掌握动画分镜头脚本的基本理论知识，能够按照正确的格式将给定的动画视频片段转换为分镜头脚本。

2. 项目要求

2.1 能制定分镜头脚本格式

2.2 能分析影片的画面感和镜头感

2.3 根据规定格式将《海底总动员》片段转换为文字分镜头脚本

3. 教学资源

3.1 师资队伍

由专业骨干教师及企业专家组成。需具备本专业工程师、讲师以上职称或技师、高级技师国家职业资格。

3.2 实习场所及教学设备

实习场所及教学设备

项目名称：《海底总动员》片段的分镜头脚本创编

序号	实习场所名称	设备序号	设备名称	数量	工位数	设备功能	备注
1	多媒体教室	1	学生电脑	20 套	20	学习、实训	
		2	教师电脑	1 套	1	讲课、示范	
		3	投影设备	1 套	1	演示教学	
		4	音箱	1 套	1	收听	
		5	移动硬盘	1 块	1	存储	
		6	教学软件	21 套	21	处理制作	
设备总数：				45			

注：此表按 20 人配置。

3.3 教师准备

3.3.1 准备《木鱼上的传说》《我》《圆的故事》文字分镜头脚本

3.3.2 提供动画脚本创作的相关材料和网站

3.4 学生准备

3.4.1 根据教师提供的网站，搜索并阅读有关动画分镜头脚本的文本资料

3.4.2 课前观看动画片《海底总动员》

4. 任务分解及课时分配

任务分解及课时分配表

教学项目	任务	任务分解	课时
《海底总动员》片段的分镜头脚本创编	1. 能制定分镜头脚本格式 2. 能分析影片的画面感和镜头感 3. 根据规定格式将《海底总动员》片段转换为文字分镜头脚本	1. 结合具体的视频素材引导学生用简练的语言表述镜头中的视觉元素和听觉元素，标出摄影机的运动和镜头景别要求 2. 制定分镜头脚本格式 3. 结合实例训练学生的画面感和镜头感 4. 指导学生将《海底总动员》视频片段转换为文字分镜头脚本	3

5. 项目考核

职业功能模块教学项目过程考核评价表

项目名称：《海底总动员》片段的分镜头脚本创编

班级： 姓名： 学号： 指导老师：

评价项目	评价标准	评价依据（信息、佐证）	评价方式			权重	得分小计
			小组评价	学校评价	企业评价		
			0.1	0.9			
职业素质	1. 遵守企业管理规定、劳动纪律 2. 按时完成学习及工作任务 3. 工作积极主动、勤学好问	考勤表、教学日志				0.2	

续表

评价项目	评价标准	评价依据（信息、佐证）	评价方式			权重	得分小计
			小组评价	学校评价	企业评价		
			0.1	0.9			
职业能力	1. 掌握分镜头脚本的基本理论知识 2. 能将给定的素材转换为符合要求的分镜头脚本	课堂表现 分镜头脚本				0.6	
创新能力	能撰写出生动有趣、富有表演力的分镜头脚本	分镜头脚本				0.2	
指导教师综合评价	指导老师签名：		日期：				

注：1. 此表一式两份，一份由院校存档，一份入预备技师学籍档案。
2. 考核成绩均为百分制。

教学项目三 《老鼠嫁女儿》动画脚本创编

1. 项目内容

通过该项目训练，要求学生掌握民间故事的特点及民间故事的主要情节类型，分析动画脚本情节的构成阶段，掌握在情节中设定冲突的技巧及脚本改编的常见表现手法。

2. 项目要求

2.1 分析民间故事的特点

2.2 确定民间故事的情节类型

2.3 动画脚本情节的阶段构成

2.4 会设定情节中的冲突关系

2.5 运用常见改编表现手法，对民间故事进行动画脚本创编

3. 教学资源

3.1 师资队伍

由专业骨干教师及企业专家组成。需具备本专业工程师、讲师以上职称或技师、高级技师国家职业资格。

3.2 实习场所及教学设备

实习场所及教学设备

项目名称：《老鼠嫁女儿》动画脚本创编

序号	实习场所名称	设备序号	设备名称	数量	工位数	设备功能	备注
1	多媒体教室	1	学生电脑	20套	20	学习、实训	
		2	教师电脑	1套	1	讲课、示范	
		3	投影设备	1套	1	演示教学	
		4	音箱	1套	1	收听	
		5	移动硬盘	1块	1	存储	
		6	教学软件	21套	21	处理制作	
设备总数：				45			

注：此表按20人配置。

3.3 教师准备

3.3.1 准备《埃及王子》《哈姆雷特》《怪物史莱克》《灰姑娘》《美女与野兽》《白雪公主》等相关视频资料

3.3.2 提供民间故事的相关资料和网站地址

3.4 学生准备

3.4.1 上网搜集并阅读有关民间的相关资料

3.4.2 反复阅读民间故事《老鼠嫁女儿》

3.4.3 课前观看教师指定的视频资料

4. 任务分解及课时分配

任务分解及课时分配表

教学项目	任务	任务分解	课时
《老鼠嫁女儿》动画脚本创编	1. 确定民间故事的情节类型	1. 分析民间故事的特点 2. 掌握天鹅处女型故事的主要情节结构 3. 掌握田螺姑娘型故事的主要情节结构 4. 掌握灰姑娘型故事的主要情节结构 5. 掌握狗耕田型故事的主要情节结构 6. 掌握狼外婆型故事的主要情节结构 7. 掌握怪孩子型故事的主要情节结构 8. 掌握画中人型故事的主要情节结构 9. 掌握神奇宝物型故事的主要情节结构	8
	2. 动画脚本情节的阶段构成	1. 构筑戏剧式结构 2. 设置对抗和对比 3. 使用平行叙事手段 4. 运用强化式重复 5. 增加小动物作点缀	
	3. 改编民间故事《老鼠嫁女儿》	根据要求改编《老鼠嫁女儿》：构筑戏剧式结构，设置对抗和对比，运用强化式重复，增加小动物作点缀	

5. 项目考核

职业功能模块教学项目过程考核评价表

项目名称：《老鼠嫁女儿》动画脚本创编

班级：	姓名：		学号：		指导老师：		
评价项目	评价标准	评价依据（信息、佐证）	评价方式			权重	得分小计
			小组评价	学校评价	企业评价		
			0.1	0.9			
职业素质	1. 遵守企业管理规定、劳动纪律 2. 按时完成学习及工作任务 3. 工作积极主动、勤学好问	考勤表、教学日志				0.1	
职业能力	1. 分析民间故事的特点和主要情节类型 2. 掌握改编民间故事的几种基本表现手法 3. 能在领会理论知识点的基础上编创民间故事	课堂讨论情况 动画脚本				0.5	
创新能力	1. 能提炼“原生”人物，并对人物特点进行夸张放大，人物形象鲜明生动 2. 人物性格具有典型性 3. 构思情节讲究“意料之外，情理之中”，要符合人物的思想习惯 4. 脚本既具有丰富的想象力又符合逻辑 5. 内容丰富、情节合理，矛盾冲突集中	动画脚本				0.4	
指导教师综合评价	指导老师签名：			日期：			

注：1. 此表一式两份，一份由院校存档，一份人预备技师学籍档案。

2. 考核成绩均为百分制。

教学项目四　《动物学校》动画脚本创编

1. 项目内容

通过该项目的训练，要求学生掌握动画人物设定的基本理论知识，会拓展脚本故事点，能够根据给定的素材将童话故事创编为动画脚本。

2. 项目要求

2.1 会塑造鲜明的人物性格

2.2 能够拓展脚本的故事点

2.3 能进行《动物学校》动画脚本创编

3. 教学资源

3.1 师资队伍

由专业骨干教师及企业专家组成。需具备本专业工程师、讲师以上职称或技师、高级技师国家职业资格。

3.2 实习场所及教学设备

实习场所及教学设备

项目名称：《动物学校》动画脚本创编

序号	实习场所名称	设备序号	设备名称	数量	工位数	设备功能	备注
1	多媒体教室	1	学生电脑	20 套	20	学习、实训	
		2	教师电脑	1 套	1	讲课、示范	
		3	投影设备	1 套	1	演示教学	
		4	音箱	1 套	1	收听	
		5	移动硬盘	1 块	1	存储	
		6	教学软件	21 套	21	处理制作	
设备总数：				45			

注：此表按 20 人配置。

3.3 教师准备

3.3.1 准备《汤姆和杰瑞》《怪物公司》《超人总动员》《千与千寻》《龙猫》《怪物史莱克》《来自 X 空间的匪徒》视频资料

3.3.2 发放有关《怪物史莱克》中菲欧娜公主、《千与千寻》中小千的文本资料

3.3.3 提供有关动画人物塑造的相关网站

3.4 学生准备

3.4.1 根据教师提供的网站，搜索并阅读有关动画人物塑造的资料

3.4.2 阅读关于《怪物史莱克》中菲欧娜公主、《千与千寻》中小千的文本资料

3.4.3 阅读童话故事《动物学校》

4. 任务分解及课时分配

任务分解及课时分配表

教学项目	任务	任务分解	课时
《动物学校》动画脚本创编	1. 会塑造鲜明的动画人物形象	1. 会根据受众年龄特征设定动画人物形象 2. 会塑造性格鲜明的动画人物形象	10
	2. 会拓展故事点	1. 以《来自X空间的匪徒》为例引导学生学习拓展故事点 2. 编写具有逻辑性和创造性的故事点	
	3. 按要求创编《动物学校》动画脚本	将童话《动物学校》创编为文字分镜头脚本，做到人物性格鲜明，故事点的拓展具有逻辑性和创造性	

5. 项目考核

职业功能模块教学项目过程考核评价表

项目名称：《动物学校》动画脚本创编

班级：	姓名：	学号：	指导老师：				
评价项目	评价标准	评价依据（信息、佐证）	评价方式			权重	得分小计
			小组评价	学校评价	企业评价		
			0.1	0.9			
职业素质	1. 遵守企业管理规定、劳动纪律 2. 按时完成学习及工作任务 3. 工作积极主动、勤学好问	考勤表、教学日志				0.1	
职业能力	1. 掌握塑造动画人物形象的基本理论知识 2. 掌握拓展故事点的方法 3. 能将给定的素材改编为动画脚本	动画脚本				0.5	
创新能力	1. 能提炼“原生”人物，并对人物特点进行夸张放大，使人物形象鲜明生动 2. 人物性格具有典型性 3. 构思情节在“意料之外，情理之中”，符合人物的思想习惯 4. 脚本既具有丰富的想象力又符合逻辑 5. 内容丰富、情节合理，矛盾冲突集中	动画脚本				0.4	
指导教师综合评价	指导老师签名：		日期：				

注：1. 此表一式两份，一份由院校存档，一份人预备技师学籍档案。

2. 考核成绩均为百分制。

教学项目五 《身边的一件事》动画短片脚本创编

1. 项目内容

通过该项目训练，使学生掌握动画短片的类型及基本创作技巧，独立完成动画短片的脚本创作。

2. 项目要求

2.1 确定动画短片的类型

2.2 确定动画脚本的主题

2.3 掌握故事结构的起承转合

2.4 形式和内容引人注目

2.5《身边的一件事》动画脚本创编

3. 教学资源

3.1 师资队伍

由专业骨干教师及企业专家组成。需具备本专业工程师、讲师以上职称或技师、高级技师国家职业资格。

3.2 实习场所及教学设备

实习场所及教学设备

项目名称：《身边的一件事》动画短片脚本创编

序号	实习场所名称	设备序号	设备名称	数量	工位数	设备功能	备注
1	多媒体教室	1	学生电脑	20套	20	学习、实训	
		2	教师电脑	1套	1	讲课、示范	
		3	投影设备	1套	1	演示教学	
		4	音箱	1套	1	收听	
		5	移动硬盘	1块	1	存储	
		6	教学软件	21套	21	处理制作	
设备总数：			45				

注：此表按20人配置。

3.3 教师准备

3.3.1 准备《学走路》《三个和尚》《三条忠告》《父与女》《马赛克》《色彩随想曲》《大街》等相关视频资料

3.3.2 提供动画短片创作的相关资料和网站地址

3.4 学生准备

3.4.1 上网搜集并阅读有关动画短片创作的相关资料

3.4.2 确定动画短片脚本的主题

3.4.3 列出脚本的故事点以备课堂讨论

4. 任务分解及课时分配

任务分解及课时分配表

教学项目	任务	任务分解	课时
《身边的一件事》动画短片脚本创编	1. 确定动画短片类型	1 结合具体作品引导学生分析情感型动画短片 2. 结合具体作品引导学生分析哲理型动画短片 3. 结合具体作品引导学生分析探索型动画短片 4. 结合具体作品引导学生分析幽默型动画短片	12
	2. 主题内涵的挖掘	1. 结合具体作品引导学生体会爱的主题 2. 结合具体作品引导学生体会自然的主题 3. 结合具体作品引导学生体会顽童的主题	
	3. 动画短片结构的起承转合	结合具体作品的分析引导学生领会动画短片结构的起承转合	
	4.《身边的一件事》动画短片脚本创编	1. 确定短片的类型 2. 确定脚本要表达的主题和内涵 3. 设定故事点和故事的起承转合 4. 小组讨论，修改、完善脚本	

5. 项目考核

职业功能模块教学项目过程考核评价表

项目名称：《身边的一件事》动画短片脚本创编

班级： 姓名： 学号： 指导老师：

评价项目	评价标准	评价依据（信息、佐证）	评价方式			权重	得分小计
			小组评价	学校评价	企业评价		
			0.1	0.9			
职业素质	1. 遵守企业管理规定、劳动纪律 2. 按时完成学习及工作任务 3. 工作积极主动、勤学好问	考勤表、 教学日志				0.1	
职业能力	1. 分析动画短片的类型及主题内涵 2. 掌握动画短片的结构特征 3. 脚本内容新颖，时间节奏和情节冲突处理恰当巧妙	课堂表现 动画脚本				0.5	
创新能力	1. 人物形象鲜明生动，人物性格具有典型性 2. 脚本既具有丰富的想象力又符合逻辑 3. 情节合理，结构巧妙，矛盾冲突集中	动画脚本				0.4	
指导教师综合评价	指导老师签名：			日期：			

注：1. 此表一式两份，一份由院校存档，一份入预备技师学籍档案。

2. 考核成绩均为百分制。

《动画视听语言赏析》课程大纲

1. 课程性质和任务

1.1 课程性质

本课程是电脑动画专业预备技师阶段的一门能力拓展课程。主要内容有视听元素概述、掌握镜头的内涵、掌握画面造型手段、把握场面调度规律、把握轴线规则、掌握剪辑思想、品味声音奥妙七部分组成。

1.2 课程任务

通过本课程的教学，让学生对经典动画作品进行分析，掌握镜头、镜头的分切与组合以及声画关系的处理，把握视听语言的规律与技巧，并运用于电脑动画的创作之中。

2. 课程内容及要求

2.1 课程内容

2.1.1 通过对《狮子王》的分析，学习动画视听语言的概念

2.1.2 通过对《千与千寻》的分析，掌握镜头内涵

2.1.3 通过对《埃及王子》的分析，掌握画面造型手段

2.1.4 通过对《小马王》的分析，把握场面调度规律

2.1.5 通过对《昆虫总动员》的分析，把握轴线规则

2.1.6 通过对《功夫熊猫》的分析，掌握剪辑思想

2.1.7 通过对《机器人总动员》的分析，品味声音奥妙

2.2 课程要求

实施课程教学时采用以项目带动教学的方式，选择经典动画影片赏析作为项目单元，进行相关专业能力的培养，使学生掌握“镜头”“画面构图”“光线与色彩”“场面调度”“轴线”“剪辑”“声音”等动画视听语言的专业知识。在实施教学过程中要注意各项目单元所涉及的关键知识点的教学，并适当拓展相关辅助知识，同时，还要注意各个项目单元之间的联系与贯通，避免使教学成为单个训练任务的机械组合。此外，授课过程中要给予充分的时间，让学生运用所学知识独立对相关动画影片进行分析、交流，既加强学生对于专业知识深刻的领悟，又培养学生的语言表达能力。

3. 项目课时分配及考核权重

项目课时分配及考核权重表

课程名称：《动画视听语言赏析》

序号	项目名称	课时（周）	考核权重	备注
1	《狮子王》的视听元素	4	5%	

续表

序号	项目名称	课时（周）	考核权重	备注
2	《千与千寻》的镜头内涵	12	16%	
3	《埃及王子》的画面造型	16	26%	
4	《小马王》的场面调度	12	16%	
5	《昆虫总动员》的轴线规则	8	12%	
6	《功夫熊猫》的剪辑思想	12	15%	
7	《机器人总动员》的声音奥妙	8	10%	
合　计		72	100%	

4. 教学建议

4.1 本课程教学内容建议采用项目教学法展开教学，导师需具备本专业工程师、讲师以上职称或技师、高级技师职业资格。

4.2 由于项目内容集中于少数典型影片，所以学生应利用课余时间搜集查阅相关影片资料辅助学习。

4.3 该课程必须加强学生在视觉和听觉上的专项训练，学生需多欣赏具有审美价值的动画影片，着重把握其视听元素，并做相应的审美分析的学习。特别是要通过赏析不同风格的影片，领会视听语言在信息沟通中、展示影像的中介环节、各个组成元素（场景、灯光、音乐、色彩）构成，以及强烈的象征、暗示等延伸的作用，使学生对视听语言的分析、运用水平达到一定高度。

5. 课程考核

职业功能模块课程学生成绩表

课程名称：《动画视听语言赏析》

班级：　　　学生姓名：　　　学号：　　　指导教师：

序号	工作项目名称	考核权重	得分
1	《狮子王》的视听元素	5%	
2	《千与千寻》的镜头内涵	16%	
3	《埃及王子》的画面造型	26%	
4	《小马王》的场面调度	16%	
5	《昆虫总动员》的轴线规则	12%	
6	《功夫熊猫》的剪辑思想	16%	
7	《机器人总动员》的声音奥妙	10%	
合　计		100%	

教学项目一　《狮子王》的视听元素

1. 项目内容

1.1 分析动画视听语言的概念、特点与影片结构

1.2 分析动画视听语言的构成要素

2. 项目要求

2.1 分析《狮子王》影片所传达的故事情节和主题思想

2.2 能根据视听语言特点分析影片

2.3 能根据动画影片结构分析《狮子王》影片

2.4 能根据视听语言层级结构分析影片

2.5 训练结束，要求学生提供《动画影片视听语言层级结构》分析报告

3. 教学资源

3.1 师资队伍

由专业骨干教师及企业专家组成。需具备本专业工程师、讲师以上职称或技师、高级技师国家职业资格。

3.2 实习场所及教学设备

主要实习场所及教学设备配置表

项目名称：《狮子王的视听元素》

序号	实习场所名称	设备序号	设备名称	数量	工位数	设备功能	备注
1	多媒体教室	1	学生电脑	20 套	20	学习、实训	
		2	教师电脑	1 套	1	讲课、示范	
		3	投影设备	1 套	1	演示教学	
		4	音箱	1 套	1	收听	
		5	影片资料	1 套	1	演示教学	
设备总数：			24				

注：此表按 20 人配置。

4. 任务分解及课时分配

任务分解及课时分配表

教学项目	任务	任务分解	课时
《狮子王》的视听元素	分析动画视听语言的概念、特点与影片结构	1. 观看《狮子王》影片片段 2. 分析《狮子王》中影片各片段的故事叙述和思想所传达的特点 3. 通过分析《狮子王》各片段，结合该任务特点进行分析整理报告 4. 自选相关影片片段观看，并由学生进行独立分析、讨论该影片的叙事及审美手段 5. 结合该任务特点对自选影片片段进行分析并列出提纲 6. 依据项目要求，学生结合动画影片概念、特点与影片结构的基本理论对自选影片进行归纳分析并整理分析报告	2

续表

教学项目	任务	任务分解	课时
《狮子王》的视听元素	分析动画影片视听语言的构成要素	1. 观看《狮子王》影片片段 2. 分析《狮子王》影片各片段的影像、声音、剪辑的风格形式特色 3. 通过分析《狮子王》各片段，结合该任务特点整理分析报告 4. 自选相关影片片段观看，并由学生进行独立分析、讨论该影片的影像、声音、剪辑等风格形式特点 5. 结合该任务特点对自选影片片段进行分析并列出提纲 6. 依据项目要求，结合动画影片影像、声音、剪辑等风格形式特点对自选影片进行归纳分析并整理分析报告	2

5. 项目考核

教学项目过程考核评价表

项目名称：《狮子王》的视听元素

班级：	姓名：	学号：	指导老师：				
评价项目	评价标准	评价依据（信息、佐证）	评价方式			权重	得分小计
			小组评价	学校评价	企业评价		
			0.1	0.9			
职业素质	1. 遵守管理规定与纪律要求 2. 按时完成学习及工作任务 3. 具备在公众面前表达思想见解的语言能力 4. 具备准确表达思想见解的文字写作能力	考勤表、教学日志				0.2	
专业能力	1. 结合示例影片的相关内容对概念、特点与影片结构的知识进行正确分析与表述	分析报告				0.1	
	2. 结合示例影片对动画视听语言的层级结构进行分析，表述清晰，专业概念准确，理论运用得当	分析报告				0.2	
	3. 能结合视听语言总体结构的理论对自己熟悉的动画影片进行归纳分析，观点正确，举例恰当，表述完整，专业术语运用准确	分析报告				0.4	
创新能力	在正确掌握基本理论知识的基础上，开发创新思维能力，对一些个人所熟悉的动画影片进行独立分析，并得出有一定见地的结论	分析报告				0.1	

续表

<table>
<tr><td rowspan="3">评价项目</td><td rowspan="3">评价标准</td><td rowspan="3">评价依据
（信息、佐证）</td><td colspan="3">评价方式</td><td rowspan="3">权重</td><td rowspan="3">得分
小计</td></tr>
<tr><td>小组评价</td><td>学校评价</td><td>企业评价</td></tr>
<tr><td>0.1</td><td colspan="2">0.9</td></tr>
<tr><td>指导教师
综合评价</td><td colspan="7">指导老师签名：　　　　　　　　　　　　　　　　日期：</td></tr>
</table>

注：1. 此表一式两份，一份由院校存档，一份人预备技师学籍档案。

2. 考核成绩均为百分制。

教学项目二 《千与千寻》的镜头内涵

1. 项目内容

1.1“景别”的知识及应用要领

1.2 镜头“角度”的应用要领

1.3 镜头“运动”规律及应用要领

2. 项目要求

2.1 能确定影片中不同的景别关系

2.2 能根据镜头角度的类别分析影片

2.3 能根据镜头运动规律分析影片

2.4 训练结束，要求学生提供《动画影片“镜头”应用要领》分析报告

3. 教学资源

3.1 师资队伍

由专业骨干教师及企业专家组成。需具备本专业工程师、讲师以上职称或技师、高级技师国家职业资格。

3.2 实习场所及教学设备

主要实习场所及教学设备配置表

项目名称：《千与千寻》的镜头内涵

序号	实习场所名称	设备序号	设备名称	数量	工位数	设备功能	备注
1	多媒体教室	1	学生电脑	20套	20	学习、实训	
		2	教师电脑	1套	1	讲课、示范	
		3	投影设备	1套	1	演示教学	
		4	音箱	1套	1	收听	

续表

序号	实习场所名称	设备序号	设备名称	数量	工位数	设备功能	备注
1	多媒体教室	5	影片资料	1套	1	演示教学	
设备总数：			24				

注：此表按 20 人配置。

4. 任务分解及课时分配

任务分解及课时分配表

教学项目	任务	任务分解	课时
《千与千寻》的镜头内涵	分析动画景别与角度的知识及应用要领	1. 观看影片《千与千寻》的视频片段、图片及相关资料 2. 分析《千与千寻》影片片段的远景、全景、中景、近景、特写及摄影机的位置给观众带来的不同视觉信息 3. 通过分析《千与千寻》各片段，结合该任务特点整理分析报告 4. 自选相关影片片段观看，并由学生独立分析、讨论该影片景别和摄影机位置给观众带来的视觉信息 5. 结合该任务特点对自选影片片段进行分析并列出提纲 6. 学生结合景别和摄像机位置的不同对自选影片进行归纳分析，撰写分析报告	6
	分析动画的镜头、运动规律与镜头速度应用要领	1. 观看动画影片《千与千寻》的视频片段、图片及相关资料 2. 分析《千与千寻》影片片段中镜头的推、拉、跟、摇、移等运动规律和镜头速度快慢对影片视觉效果的影响 3. 通过分析《千与千寻》各片段，结合该任务特点整理分析报告 4. 自选相关影片片段观看，并由学生独立分析、讨论，辨别该影片镜头的推、拉、跟、摇、移等运动规律，体会不同镜头的表现效果 5. 结合该任务特点对自选影片片段进行分析并列出提纲 6. 结合对镜头运动规律和镜头速度的分析，依据项目要求，对自选影片进行归纳分析并撰写结论性的分析报告	6

5. 项目考核

职业功能模块教学项目过程考核评价表

项目名称：《千与千寻》的镜头内涵

班级：		姓名：		学号：		指导老师：	
评价项目	评价标准	评价依据（信息、佐证）	评价方式			权重	得分小计
			小组评价	学校评价	企业评价		
			0.1	0.9			
职业素质	1. 遵守管理规定与纪律要求 2. 按时完成学习及工作任务 3. 具备在公众面前表达思想见解的语言能力 4. 具备准确表达思想见解的文字写作能力	考勤表、教学日志				0.2	

续表

评价项目	评价标准	评价依据（信息、佐证）	评价方式			权重	得分小计
			小组评价	学校评价	企业评价		
			0.1	0.9			
专业能力	1. 能对示例影片中镜头“景别”“角度”等相关技术的应用特点进行分析，表述正确	分析报告				0.1	
	2. 能结合示例影片内容对“运动规律”等相关技术的应用特点进行分析	分析报告				0.2	
	3. 深入理解并基本掌握动画影片镜头“景别”“角度”“运动规律”等知识及应用要领，能对自己熟悉的相关动画影片进行独立分析，概念正确，举例恰当，表述完整，专业术语运用准确	分析报告				0.4	
创新能力	能结合影片情节提出有独到见解的设想与建议	分析报告				0.1	
指导教师综合评价	指导老师签名：			日期：			

注：1. 此表一式两份，一份由院校存档，一份入预备技师学籍档案。

2. 考核成绩均为百分制。

教学项目三 《埃及王子》的画面造型

1. 项目内容

1.1 分析构图基本元素

1.2“动态与静态”构图的相关知识

1.3“封闭式与开放式”构图的相关知识

1.4 常用的“构图语言”

1.5“光线种类”的应用要领

1.6“光线方向”的应用要领

1.7“色彩的功能”的应用要领

2. 项目要求

2.1 利用构图元素分析影片

2.2 能根据动态与静态构图的应用要领分析影片

2.3 能根据动态与静态构图的技术要领分析影片

2.4 训练结束，要求学生提供相应的分析报告，即阐述动画影片构图的知识要点与应用要领，列出分析报告提纲

2.5 能根据光线种类分析影片

2.6 能根据光线方向分析影片

2.7 能根据色彩功能分析影片

2.8 训练结束，要求学生提供动画影片光线与色彩应用要领的分析报告

3. 教学资源

3.1 师资队伍

由专业骨干教师及企业专家组成。需具备本专业工程师、讲师以上职称或技师、高级技师国家职业资格。

3.2 实习场所及教学设备

主要实习场所及教学设备配置表

项目名称：《埃及王子》的画面造型

序号	实习场所名称	设备序号	设备名称	数量	工位数	设备功能	备注
1	多媒体教室	1	学生电脑	20套	20	学习、实训	
		2	教师电脑	1套	1	讲课、示范	
		3	投影设备	1套	1	演示教学	
		4	音箱	1套	1	收听	
		5	影片资料	1套	1	演示教学	
设备总数：				24			

注：此表按20人配置。

4. 任务分解及课时分配

任务分解及课时分配表

教学项目	任务	任务分解	课时
《埃及王子》的画面造型	分析动画影片画面构图的基本元素与构图形式	1. 观看《埃及王子》等动画影片的视频片段、图片及相关资料 2. 结合《埃及王子》影片片段分析动画影片画面构图的基本元素特点及构图形式 3. 通过分析《埃及王子》各片段，结合该任务特点进行分析整理报告 4. 自选相关影片片段观看，并由学生独立分析、讨论该影片中画面构图的基本元素特点及构图形式 5. 结合该任务特点对自选影片片段进行分析并列出提纲 6. 依据项目要求，结合动画影片的画面构图基本元素特点和画面动态、静态、封闭、开放等构图形式对自选影片进行归纳分析并整理相应的分析报告	4

续表

教学项目	任务	任务分解	课时
《埃及王子》的画面造型	分析常用的画面构图语言知识及应用要领	1. 观看《埃及王子》的影片视频资料 2. 分析《埃及王子》影片片段中主体位置、画面均衡性等构图表现，体会线与形的构图形式 3. 通过分析《埃及王子》各片段，结合该任务特点进行分析整理报告 4. 自选相关影片片段观看，并由学生独立分析、讨论该影片中应用到的各种画面构图语言 5. 结合该任务特点对自选影片片段进行分析并列出提纲 6. 依据项目要求，学生结合动画影片中使用画面构图语言的不同对自选影片进行归纳分析并整理相应的分析报告	4
	分析动画影片光线的知识及应用要领	1. 观看影片《埃及王子》的视频片段、图片及相关资料 2. 分析《埃及王子》典型片段中各种光线的应用 3. 通过分析《埃及王子》各片段，结合该任务特点进行分析整理报告 4. 自选相关影片片段观看，并由学生独立分析、讨论该影片使用的各种光线对影片主题气氛渲染所起的作用 5. 结合该任务特点对自选影片片段进行分析并列出提纲 6. 依据项目要求，学生结合动画影片中各种光线特点对自选影片进行归纳分析并整理相应的分析报告	4
	分析动画影片色彩的知识及应用要领	1. 观看影片《埃及王子》的视频片段、图片及相关资料 2. 分析《埃及王子》各影片剪辑中色彩的造型和表意功能 3. 通过分析《埃及王子》各片段，结合该任务特点进行分析整理报告 4. 自选相关影片片段观看，并由学生独立分析、讨论该影片使用的色彩具备的造型和表意功能和对影片主题气氛渲染所起的作用 5. 结合该任务特点对自选影片片段进行分析并列出提纲 6. 依据项目要求，学生结合动画影片中的色彩功能特点对自选影片进行归纳分析并整理相应的分析报告	4

5. 项目考核

职业功能模块教学项目过程考核评价表

项目名称：《埃及王子》画面造型

班级：　　　　姓名：　　　　学号：　　　　指导老师：

评价项目	评价标准	评价依据（信息、佐证）	评价方式			权重	得分小计
			小组评价	学校评价	企业评价		
			0.1	0.9			
职业素质	1. 遵守管理规定与纪律要求 2. 按时完成学习及工作任务 3. 具备在公众面前表达思想见解的语言能力 4. 具备准确表达思想见解的文字写作能力	考勤表、教学日志				0.2	

续表

评价项目	评价标准	评价依据（信息、佐证）	评价方式			权重	得分小计
			小组评价	学校评价	企业评价		
			0.1	0.9			
专业能力	1. 结合影片对动画影片画面构图的基本元素与构图形式以及光线的知识进行分析	分析报告				0.1	
	2. 对常用的画面构图语言的知识、画面色彩的知识及其应用要领的表述正确、用词准确	分析报告				0.2	
	3. 能结合动画影片画面构图的知识、光线与色彩的相关应用要领及应用要领对自己熟悉的动画影片进行分析，知识概念表述正确，举例恰当，专业术语运用准确	分析报告				0.4	
创新能力	能对动画影片光线与色彩的相关技术应用提出有创新性的可行性建议	分析报告					
指导教师综合评价	指导老师签名： 日期：						

注：1. 此表一式两份，一份由院校存档，一份入预备技师学籍档案。

2. 考核成绩均为百分制。

教学项目四　《小马王》的场面调度

1. 项目内容

1.1“单镜头式场面调度”的知识及应用要领

1.2“分切式场面调度”的知识及应用要领

1.3“重复式场面调度”的知识及应用要领

2. 项目要求

2.1 能根据单镜头式场面调度方式分析影片

2.2 能根据分切式场面调度方式分析影片

2.3 能根据重复式场面调度方式分析影片

2.4 训练结束，要求学生提供《动画影片场面调度知识要点与应用要领》的分析报告

3. 教学资源

3.1 师资队伍

由专业骨干教师及企业专家组成。需具备本专业工程师、讲师以上职称或技师、高级技师国家职业资格。

3.2 实习场所及教学设备

主要实习场所及教学设备配置表

项目名称：《小马王》的场面调度

序号	实习场所名称	设备序号	设备名称	数量	工位数	设备功能	备注
1	多媒体教室	1	学生电脑	20套	20	学习、实训	
		2	教师电脑	1套	1	讲课、示范	
		3	投影设备	1套	1	演示教学	
		4	音箱	1套	1	收听	
		5	影片资料	1套	1	演示教学	
设备总数：				24			

注：此表按20人配置。

4. 任务分解及课时分配

任务分解及课时分配表

教学项目	任务	任务分解	课时
《小马王》的场面调度	分析单镜头式场面调度的知识及应用要领	1. 观看影片《小马王》的视频片段、图片及相关资料 2. 分析《小马王》的影片片段，感受多层次空间中为配合角色位置的变化，充分运用摄影机的多种运动形式相配合形成的视觉效果对表现剧情发展、人物性格和人物关系的作用 3. 通过分析《小马王》各片段，结合该任务特点进行分析整理报告 4. 自选相关影片片段观看，并由学生独立分析、讨论该影片对表现剧情发展、人物性格和人物关系所运用的场面调度 5. 结合该任务特点对自选影片片段进行分析并列出提纲 6. 依据项目要求，学生结合动画影片的剧情发展、人物性格和人物关系表现对自选影片进行归纳分析并整理相应的分析报告	6
	分析分切式场面调度与重复式场面调度的知识及应用要领	1. 观看影片《小马王》的视频片段、图片及相关资料 2. 结合《小马王》影片片段，分析片中相同或近似的角色调度或摄影机调度重复出现，是如何引起观众联想，增强感染力的 3. 通过分析《小马王》各片段，结合该任务特点进行分析整理报告 4. 自选相关影片片段观看，并由学生独立分析、讨论该影片场面调度形式 5. 结合该任务特点对自选影片片段进行分析并列出提纲 6. 依据项目要求，学生结合动画影片所运用的场面调度形式对自选影片进行归纳分析并整理相应的分析报告	6

5. 项目考核

职业功能模块教学项目过程考核评价表

项目名称：《小马王》的场面调度

班级：　　　　　　　　姓名：　　　　　　　　学号：　　　　　　　　指导老师：

评价项目	评价标准	评价依据（信息、佐证）	评价方式			权重	得分小计
			小组评价	学校评价	企业评价		
			0.1	0.9			
职业素质	1. 遵守管理规定与纪律要求 2. 按时完成学习及工作任务 3. 具备在公众面前表达思想见解的语言能力 4. 具备准确表达思想见解的文字写作能力	考勤表、教学日志				0.2	
专业能力	1. 结合相关影片对动画影片单镜头式场面调度进行分析，阐述正确	分析报告				0.1	
	2. 剖析示例影片中分切式场面调度与重复式场面调度的运用方式，表述正确	分析报告				0.2	
	3. 深入领会动画影片场面调度的知识及应用要领，对自己熟悉的动画影片进行分析，概念正确，举例恰当，表述完整，专业术语运用准确	分析报告				0.4	
创新能力	能根据影片故事的表述需要，大胆构思场面调度的设计与编排方式，并能在各种场面调度方式间运用创新思维提出新的设想	分析报告				0.1	
指导教师综合评价	指导老师签名：　　　　　　　　　　　　　　日期：						

注：1. 此表一式两份，一份由院校存档，一份入预备技师学籍档案。

2. 考核成绩均为百分制。

教学项目五 《昆虫总动员》的轴线规则

1. 项目内容

1.1 “轴线规则”的应用要领

1.2 “关系轴线”的应用要领

1.3“运动轴线”的应用要领

1.4“越轴”的应用要领

2. 项目要求

2.1 能根据轴线规则分析影片

2.2 能根据关系轴线方式分析影片

2.3 能根据运动轴线方式分析影片

2.4 能根据越轴的应用要领分析影片

2.5 训练结束，要求学生提供《动画影片“轴线”应用要领》的分析报告

3. 教学资源

3.1 师资队伍

由专业骨干教师及企业专家组成。需具备本专业工程师、讲师以上职称或技师、高级技师国家职业资格。

3.2 实习场所及教学设备

主要实习场所及教学设备配置表

项目名称：《昆虫总动员》的轴线规则

序号	实习场所名称	设备序号	设备名称	数量	工位数	设备功能	备注
1	多媒体教室	1	学生电脑	20套	20	学习、实训	
		2	教师电脑	1套	1	讲课、示范	
		3	投影设备	1套	1	演示教学	
		4	音箱	1套	1	收听	
		5	影片资料	1套	1	演示教学	
设备总数：				24			

注：此表按20人配置。

4. 任务分解及课时分配

任务分解及课时分配表

教学项目	任务	任务分解	课时
《昆虫总动员》的轴线规则	分析动画“轴线规则”的含义及轴线的分类	1. 观看影片《昆虫总动员》的视频片段、图片及相关资料 2. 结合《昆虫总动员》影片片段，分析拍摄时对空间区域的界定及其角色间的位置关系 3. 通过分析《昆虫总动员》各片段，结合该任务特点整理分析报告 4. 自选相关影片片段观看，并由学生独立分析、讨论该影片拍摄时对空间区域的界定及其角色间的位置关系 5. 结合该任务特点对自选影片片段进行分析并列出提纲 6. 依据项目要求，结合动画影片拍摄时对空间区域的界定及其角色间的位置关系对自选影片进行归纳分析并完成分析报告	4

续表

教学项目	任务	任务分解	课时
《昆虫总动员》的轴线规则	分析动画“运动轴线”及“越轴”的应用要领	1. 观看《昆虫总动员》等动画影片的视频片段、图片及相关资料 2. 结合《昆虫总动员》影片片段，分析并确定角色的运动方向 3. 通过分析《昆虫总动员》各片段，结合该任务特点进行分析整理报告 4. 自选相关影片片段观看，并由学生独立分析、讨论该影片的运动方向变化及运动特点 5. 结合该任务特点对自选影片片段进行分析并列出提纲 6. 依据项目要求，结合动画影片运动方向的变化及其运动特点对自选影片进行归纳分析并整理出分析报告	4

5. 项目考核

职业功能模块教学项目过程考核评价表

项目名称： 《昆虫总动员》的轴线规则

班级：　　　　姓名：　　　　学号：　　　　指导老师：

评价项目	评价标准	评价依据（信息、佐证）	评价方式			权重	得分小计
			小组评价	学校评价	企业评价		
			0.1	0.9			
职业素质	1. 遵守管理规定与纪律要求 2. 按时完成学习及工作任务 3. 具备在公众面前表达思想见解的语言能力 4. 具备准确表达思想见解的文字写作能力	考勤表、教学日志				0.2	
专业能力	1. 能够结合相关影片对“关系轴线”的知识进行正确的分析	分析报告				0.1	
	2. 对示例影片中“运动轴线”及“越轴”技术应用进行分析	分析报告				0.2	
	3. 正确理解领会动画影片镜头轴线规则的应用要领“关系轴线”“运动轴线”“越轴”的应用要领的知识及应用要领，能结合相关影片对自己熟悉的动画影片进行分析，概念正确，举例恰当，表述完整，专业术语运用准确	分析报告				0.4	
创新能力	能根据影片需要提出有关轴线应用的新构想	分析报告				0.1	
指导教师综合评价	指导老师签名：　　　　日期：						

注：1. 此表一式两份，一份由院校存档，一份入预备技师学籍档案。

2. 考核成绩均为百分制。

教学项目六 《功夫熊猫》的剪辑思想

1. 项目内容

1.1“蒙太奇”的应用要领
1.2“镜头组接”的应用要领
1.3“转场”的应用要领
1.4“声画剪辑”的应用要领

2. 项目要求

2.1 能根据蒙太奇表现手法分析影片
2.2 能根据镜头组接方式分析影片
2.3 能根据转场表现手法分析影片
2.4 能根据声画剪辑方法分析影片
2.5 训练结束，要求学生提供《动画影片剪辑的知识要点与应用要领》分析报告

3. 教学资源

3.1 师资队伍

由专业骨干教师及企业专家组成。需具备本专业工程师、讲师以上职称或技师、高级技师国家职业资格。

3.2 实习场所及教学设备

主要实习场所及教学设备配置表

项目名称：《功夫熊猫》的剪辑思想

序号	实习场所名称	设备序号	设备名称	数量	工位数	设备功能	备注
1	多媒体教室	1	学生电脑	20套	20	学习、实训	
		2	教师电脑	1套	1	讲课、示范	
		3	投影设备	1套	1	演示教学	
		4	音箱	1套	1	收听	
		5	影片资料	1套	1	演示教学	
设备总数：			24				

注：此表按20人配置。

4. 任务分解及课时分配

任务分解及课时分配表

教学项目	任务	任务分解	课时
《功夫熊猫》的剪辑思想	1. 分析蒙太奇的原理及应用、镜头组接的方式及技术要领、转场的知识及应用要领	1. 观看《功夫熊猫》等动画影片的视频片段、图片及相关资料 2. 分析《功夫熊猫》影片的叙事手段、表现方法、镜头组接方式及各种“转场”形式 3. 通过分析《功夫熊猫》影片，结合该任务特点进行分析整理报告 4. 自选相关影片片段观看，并由学生独立分析、讨论该影片的叙事手段、表现方法、镜头组接方式及各种“转场”形式 5. 结合该任务特点对自选影片片段进行分析并列出提纲 6. 依据项目要求，学生结合动画影片的叙事手段、表现方法、镜头组接方式及各种“转场”形式对自选影片进行归纳分析并整理关于剪辑技术的分析报告	6
	2. 了解“声画剪辑”的方式及要领	1. 观看《功夫熊猫》等动画影片的视频片段、图片及相关资料 2. 分析影片《功夫熊猫》的“声画剪辑”方法的相关知识 3. 通过分析《功夫熊猫》影片，结合该任务特点进行分析整理报告 4. 自选相关影片片段观看，并由学生独立分析、讨论该影片声画剪辑方法的应用 5. 结合该任务特点对自选影片片段进行分析并列出提纲 6. 依据项目要求，学生结合动画影片的声画剪辑方法对自选影片进行归纳分析并整理出分析报告	6

5. 项目考核

职业功能模块教学项目过程考核评价表

项目名称：《功夫熊猫》的剪辑思想

班级：　　　　姓名：　　　　学号：　　　　指导老师：

评价项目	评价标准	评价依据（信息、佐证）	评价方式			权重	得分小计
			小组评价	学校评价	企业评价		
			0.1	0.9			
职业素质	1. 遵守管理规定与纪律要求 2. 按时完成学习及工作任务 3. 具备在公众面前表达思想见解的语言能力 4. 具备准确表达思想见解的文字写作能力	考勤表、教学日志				0.2	
专业能力	1. 能结合相关影片对动画影片剪辑合成的相关知识进行正确的分析表述	分析报告				0.1	
	2. 能结合示例影片内容对动画影片剪辑合成的技术应用进行分析，且概念准确，逻辑清晰					0.2	
	3. 能结合动画影片剪辑合成的知识和技术应用要领对自己熟悉的动画影片进行分析，概念正确，举例恰当，表述完整，专业术语运用准确					0.4	

续表

<table>
<tr><th rowspan="3">评价项目</th><th rowspan="3">评价标准</th><th rowspan="3">评价依据
（信息、佐证）</th><th colspan="3">评价方式</th><th rowspan="3">权重</th><th rowspan="3">得分
小计</th></tr>
<tr><th>小组评价</th><th>学校评价</th><th>企业评价</th></tr>
<tr><th>0.1</th><th colspan="2">0.9</th></tr>
<tr><td>创新能力</td><td>能灵活运用所学知识，对动画影片剪辑合成的技术应用提出具有创新性和想象力的建议和设想</td><td>分析报告</td><td></td><td></td><td></td><td>0.1</td><td></td></tr>
<tr><td>指导教师
综合评价</td><td colspan="7">指导老师签名：　　　　　　　　　　　　日期：</td></tr>
</table>

注：1. 此表一式两份，一份由院校存档，一份入预备技师学籍档案。
2. 考核成绩均为百分制。

教学项目七　《机器人总动员》的声音奥妙

1. 项目内容

1.1 动画影片“听觉语言”的应用要领
1.2 动画影片“音乐”的应用要领
1.3 动画影片“音效”的应用要领

2. 项目要求

2.1 能根据听觉语言分析影片
2.2 能根据音乐特点分析影片
2.3 能根据音效特点分析影片
2.4 训练结束，要求学生提供相应的分析报告，即阐述动画影片“听觉语言”应用要领的分析报告

3. 教学资源

3.1 师资队伍

由专业骨干教师及企业专家组成。需具备本专业工程师、讲师以上职称或技师、高级技师国家职业资格。

3.2 实习场所及教学设备

主要实习场所及教学设备配置表

项目名称：《机器人总动员》的声音奥妙

序号	实习场所名称	设备序号	设备名称	数量	工位数	设备功能	备注
1	多媒体教室	1	学生电脑	20套	20	学习、实训	
		2	教师电脑	1套	1	讲课、示范	
		3	投影设备	1套	1	演示教学	

续表

序号	实习场所名称	设备序号	设备名称	数量	工位数	设备功能	备注
1	多媒体教室	4	音箱	1套	1	收听	
		5	影片资料	1套	1	演示教学	
设备总数：	24						

注：此表按20人配置。

4. 任务分解及课时分配

任务分解及课时分配表

教学项目	任务	任务分解	课时
《机器人总动员》的声音奥妙	分析动画影片“听觉语言”类别及应用	1. 播放《机器人总动员》等影片片段及相关资料 2. 分析《机器人总动员》各影片片段的“听觉语言”应用效果 3. 通过分析《机器人总动员》各片段，结合该任务特点进行分析整理报告 4. 自选相关影片片段观看，并由学生独立分析、讨论该影片听觉效果 5. 结合该任务特点对自选影片片段进行分析并列出提纲 6. 依据项目要求，学生结合动画影片“听觉语言”的效果对自选影片进行归纳分析并整理相应的分析报告	4
	分析动画影片“音乐”与“音效”的功能及应用	1. 播放《机器人总动员》等影片片段及相关资料 2. 分析《机器人总动员》各影片片段中音效的功能和应用效果 3. 通过分析《机器人总动员》各片段，结合该任务特点进行分析整理报告 4. 自选相关影片片段观看，并由学生独立分析、讨论音效在该影片中起到的作用和效果 5. 结合该任务特点对自选影片片段进行分析并列出提纲 6. 依据项目要求，学生结合动画影片的音效功能和应用效果对自选影片进行归纳分析并整理相应的分析报告	4

5. 项目考核

职业功能模块教学项目过程考核评价表

项目名称：《机器人总动员》的声音奥妙

班级：　　　　姓名：　　　　学号：　　　　指导老师：

评价项目	评价标准	评价依据（信息、佐证）	评价方式			权重	得分小计
			小组评价	学校评价	企业评价		
			0.1	0.9			
职业素质	1. 遵守管理规定与纪律要求 2. 按时完成学习及工作任务 3. 具备在公众面前表达思想见解的语言能力 4. 具备准确表达思想见解的文字写作能力	考勤表、教学日志				0.2	

续表

评价项目	评价标准	评价依据（信息、佐证）	评价方式			权重	得分小计
			小组评价	学校评价	企业评价		
			0.1	0.9			
专业能力	1. 能结合影片对听觉语言类别及应用知识进行正确的表述 2. 能结合示例影片内容对“音乐”与“音效”相关知识及应用要领进行正确的分析 3. 能结合动画影片“听觉语言”的知识及应用要领对自己熟悉的动画影片进行分析，概念正确，举例恰当，表述完整，专业术语运用准确	分析报告				0.1	
						0.2	
						0.4	
创新能力	在分析表述中能提出具有创新性的见解	分析报告				0.1	
指导教师综合评价	指导老师签名：			日期：			

注：1. 此表一式两份，一份由院校存档，一份入预备技师学籍档案。

2. 考核成绩均为百分制。

无纸动画技术应用课程大纲

1. 课程性质和任务

1.1 课程性质

本课程是电脑动画专业预备技师的一门能力拓展课程。

1.2 课程任务

通过本课程的训练，学生应能按照动画剧本的要求，通过使用无纸动画制作技术，独立创作无纸动画短片，并且可以与其他的无纸动画制作者合作制作无纸动画长片。

2. 课程内容及要求

2.1 课程内容

通过四个无纸动画制作项目教学，使学生学习无纸动画制作技术，掌握无纸动画制作流程。通过对学生的指导练习，使学生能够应用无纸动画制作技术，独立创作无纸动画短片，并且可以与其他的无纸动画制作者合作制作无纸动画长片。

2.1.1 物体变形动画制作

2.1.2 人物动作动画制作

2.1.3 人物动作动画制作

2.1.4 特殊效果动画制作

2.2 课程要求

进行课程教学时采用以项目带动教学的方式，通过对每个项目的制作，提高学生应用无纸动画制作技术的能力。在实施教学过程中要注意项目制作内容的整体性，避免使教学成为单个训练任务的机械组合，完成单项任务的制作要注意结合具体案例，让学生对项目有整体的感知与把握，并注意引导学生把无纸动画制作技术与传统动画生产技术进行有机的结合。

3. 项目课时分配及考核权重

项目课时分配及考核权重表

课程名称：无纸动画技术应用

序号	项目名称	课时（周）	考核权重	备注
1	小球弹跳动画制作	6	25%	
2	小孩走动动画制作	10	25%	
3	男孩拍球动画制作	10	25%	
4	篝火摆动动画制作	10	25%	
	合　计	36	100%	

4. 教学建议

4.1 本课程教学内容建议采用项目小组教学法来展开教学，每项目小组成员 3—5 名，导师需具备本专业工程师、讲师以上职称或技师、高级技师职业资格。

4.2 由于无纸动画制作技术学习需要大量的时间进行练习，所以除了在课上规定课时外，需要再加上晚自习和业余时间，来完成实训内容。

4.3 每个项目的教学之前，可先向学生分析涉及该项目的相关工具功能，然后以项目制作的步骤作为主线，以技术的使用为重点，让学生逐步掌握关键制作技术。

4.4 每个项目的教学，需紧扣项目制作的基本流程，第一目标为通过制作一个标准的动画项目来熟练掌握工具的使用；第二目标为在熟练掌握工具使用的前提下鼓励学生创新。

4.5 在带领学生学习制作方法的同时，还需要求学生自主阅读无纸动画技术资料，使学生对无纸动画原理和无纸动画生产线上的岗位职责有所了解。

5. 课程考核

职业功能模块过程考核评价表

课程名称：无纸动画技术应用

班级：　　　　姓名：　　　　学号：　　　　指导教师：

序号	工作项目名称	考核权重	得分
1	小球弹跳动画制作	25%	
2	小孩走动动画制作	25%	
3	男孩拍球动画制作	25%	
4	篝火摆动动画制作	25%	
	合　计	100%	

教学项目一　小球弹跳动画制作

1. 项目内容

1.1 设计小球弹跳动画

2. 项目要求

2.1 能对无纸动画软件进行基本设置

2.2 能使用数字律表和时间线制作动画

2.3 能设计制作小球弹跳动画

3. 教学资源

3.1 师资队伍

由专业骨干教师及企业专家组成。需具备本专业工程师、讲师以上职称或技师、高级技师国家职业资格。

3.2 实习场所及教学设备

主要实习场所及教学设备配置表

项目名称：小球弹跳动画制作

序号	实习场所名称	设备序号	设备名称	数量	工位数	设备功能	备注
1	无纸动画制作室	1	学生电脑	20套	20	学习、实训	
		2	数位屏	21个	21	显示、绘图	
		3	教师电脑	1套	1	讲课、示范	
		4	投影设备	1套	1	演示教学	
		5	音箱	1套	1	收听	
		6	ToonBoom Harmony 软件	21套	21	处理制作	
设备总数：			65				

注：此表按 20 人配置。

4. 任务分解及课时分配

任务分解及课时分配表

教学项目	任务	任务阶段	任务分解	课时
小球弹跳动画制作	设计小球弹跳动画	无纸动画软件的基本设置	1. 无纸绘画工具使用 2. 通过实例练习指导学生熟悉无纸绘画技巧	1
		数字律表和时间线的使用	1. 正确使用数字律表和时间线 2. 通过实例练习指导学生熟悉数字律表和时间线的使用技巧	1
		角色动作分析	1. 观看现实生活中物体弹跳变形动作的图片、视频，分析动作特点 2. 观看动画片中有关物体弹跳动作的图片、视频来进一步分析动作特点，并体会此任务中的动作设计 3. 结合项目要求进一步分析项目中小球弹跳动画制作的动作特点	1
		设计时间节奏	1. 通过时间节奏的设计来表现动作的力度、速度、幅度等变化 2. 根据要求设置关键帧	1
		设计绘制画稿	根据设计稿要求以及所给动画造型，根据关键帧设置，设计绘制项目中的小球弹跳动画，制作动画所需的画稿	2

5. 项目考核

职业功能模块教学项目过程考核评价表

项目名称：小球弹跳动画制作

班级：　　　　姓名：　　　　学号：　　　　指导老师：

评价项目	评价标准	评价依据（信息、佐证）	评价方式			权重	得分小计
			小组评价	学校评价	企业评价		
			0.1	0.9			
职业素质	1. 和谐的团队合作精神 2. 遵守管理规定 3. 按时完成学习及工作任务 4. 工作积极主动、勤学好问	考勤表、班级日志				0.2	
专业能力	1. 恰当应用技术要点，镜头结构组织合理，适当应用特效动画，文件结构保持优化	短片作业				0.2	
	2. 角色线条平滑，造型结构绘制准确，构图合理，动作设计到位，动画性夸张合理					0.3	
	3. 角色动作流畅，时间节奏符合动作要求，动作自然到位					0.2	
创新能力	在原有动作基础上增加至少一种变形动画	短片作业				0.1	
指导教师综合评价	指导老师签名：　　　　日期：						

注：1. 此表一式两份，一份由院校存档，一份入预备技师学籍档案。
　　2. 考核成绩均为百分制。

教学项目二　小孩走动动画制作

1. 项目内容

设计小孩走动动画

2. 项目要求

2.1 能使用定位钉的运动调节方法制作动画
2.2 能运用角色切分法制作动画
2.3 能设计制作小孩走动动画

3. 教学资源

3.1 师资队伍

由专业骨干教师及企业专家组成。需具备本专业工程师、讲师以上职称或技师、高级技师国家职业资格。

3.2 实习场所及教学设备

主要实习场所及教学设备配置表

项目名称：<u>小孩走动动画制作</u>

序号	实习场所名称	设备序号	设备名称	数量	工位数	设备功能	备注
1	无纸动画制作室	1	学生电脑	20套	20	学习、实训	
		2	数位屏	21个	21	显示、绘图	
		3	教师电脑	1套	1	讲课、示范	
		4	投影设备	1套	1	演示教学	
		5	音箱	1套	1	收听	
		6	ToonBoom Harmony 软件	21套	21	处理制作	
设备总数：			65				

注：此表按 20 人配置。

4. 任务分解及课时分配

任务分解及课时分配表

教学项目	任务	任务阶段	任务分解	课时
小孩走动动画制作	设计小孩走动动画	定位钉的运动调节技巧	1. 定位钉的运动调节 2. 通过实例练习指导学生熟悉定位钉的运动调节技巧	2
		设计绘制画稿	根据设计稿要求以及所给动画造型，设计绘制项目中的小孩走动动画，制作动画所需的画稿	2
		角色动作分析	1. 观看现实生活中人物动作的图片、视频，分析动作特点 2. 观看动画片中有关人物动作的图片、视频来进一步分析动作特点，并体会此任务中的动作设计 3. 结合项目要求进一步分析项目中小孩走动动画制作的动作特点	1
		角色切分设置	1. 通过节点网络组织镜头文件 2. 角色切分 3. 切分动画设置 4. 反向运动学应用 5. 对小孩走动动画制作动画的镜头进行角色切分设置	2
		设计时间节奏	通过时间节奏的设计来表现动作的力度、速度、幅度等变化	1
		设计绘制动画	根据设计稿要求以及所给动画造型，根据关键帧设置，设计绘制项目中的小孩走动动画	2

5. 项目考核

职业功能模块教学项目过程考核评价表

项目名称：小孩走动动画制作

班级：　　　　　　姓名：　　　　　　学号：　　　　　　指导老师：

评价项目	评价标准	评价依据（信息、佐证）	评价方式			权重	得分小计
			小组评价	学校评价	企业评价		
			0.1	0.9			
职业素质	1. 和谐的团队合作精神 2. 遵守管理规定 3. 按时完成学习及工作任务 4. 工作积极主动、勤学好问	考勤表、班级日志				0.2	
专业能力	1. 恰当应用技术要点，镜头结构组织合理，适当应用特效动画，文件结构保持优化	短片作业				0.2	
	2. 角色线条平滑，造型结构绘制准确，构图合理，动作设计到位，动画性夸张合理					0.3	
	3. 角色动作流畅，时间节奏符合动作要求，动作自然到位					0.2	
创新能力	通过添加定位钉来组织复合运动，达到在原有动作基础上增加至少一种肢体、表情动画或自然现象动画	心得体会				0.1	
指导教师综合评价	指导老师签名：　　　　日期：						

注：1. 此表一式两份，一份由院校存档，一份人预备技师学籍档案。

2. 考核成绩均为百分制。

教学项目三　男孩拍球动画制作

1. 项目内容

设计男孩拍球动画

2. 项目要求

2.1 能使用定位钉的复合运动调节方法制作动画

2.2 能运用角色切分法制作动画

2.3 能够设计制作男孩拍球动画

3. 教学资源

3.1 师资队伍

由专业骨干教师及企业专家组成。需具备本专业工程师、讲师以上职称或技师、高级技师国家职业资格。

3.2 实习场所及教学设备

主要实习场所及教学设备配置表

项目名称： 男孩拍球动画制作

序号	实习场所名称	设备序号	设备名称	数量	工位数	设备功能	备注
1	无纸动画制作室	1	学生电脑	20 套	20	学习、实训	
		2	数位屏	21 个	21	显示、绘图	
		3	教师电脑	1 套	1	讲课、示范	
		4	投影设备	1 套	1	演示教学	
		5	音箱	1 套	1	收听	
		6	ToonBoom Harmony 软件	21 套	21	处理制作	
设备总数：			65				

注：此表按 20 人配置。

4. 任务分解及课时分配

任务分解及课时分配表

教学项目	任务	任务阶段	任务分解	课时
男孩拍球动画制作	设计男孩拍球动画	定位钉的复合运动调节技巧	1. 定位钉的复合运动调节 2. 通过实例练习指导学生熟悉定位钉的复合运动调节技巧	2
		设计绘制画稿	根据设计稿要求以及所给动画造型，设计绘制项目中的男孩拍球动画，制作动画所需的画稿	2
		角色动作分析	1. 观看现实生活中人物动作的图片、视频，分析动作特点 2. 观看动画片中有关人物动作的图片、视频来进一步分析动作特点，并体会此任务中的动作设计 3. 结合项目要求进一步分析项目中男孩拍球动画制作的动作特点	1
		角色切分设置	1. 通过节点网络组织镜头文件 2. 对男孩拍球动画制作动画的镜头进行角色切分设置	2
		设计时间节奏	通过时间节奏的设计来表现动作的力度、速度、幅度等变化	1
		设计绘制动画	根据设计稿要求以及所给动画造型，根据关键帧设置，设计绘制项目中的男孩拍球跑动画	2

5. 项目考核

职业功能模块教学项目过程考核评价表

项目名称：男孩拍球动画制作

班级：　　　　　　姓名：　　　　　　学号：　　　　　　指导老师：

评价项目	评价标准	评价依据（信息、佐证）	评价方式			权重	得分小计
			小组评价	学校评价	企业评价		
			0.1	0.9			
职业素质	1. 和谐的团队合作精神 2. 遵守管理规定 3. 按时完成学习及工作任务 4. 工作积极主动、勤学好问	考勤表、班级日志				0.2	
专业能力	1. 恰当应用技术要点，镜头结构组织合理，适当应用特效动画，文件结构保持优化	短片作业				0.2	
	2. 角色线条平滑，造型结构绘制准确，构图合理，动作设计到位，动画性夸张合理					0.3	
	3. 角色动作流畅，时间节奏符合动作要求，动作自然到位					0.2	
创新能力	通过添加定位钉来组织复合运动，达到在原有动作基础上增加至少一种肢体、表情动画或自然现象动画	短片作业				0.1	
指导教师综合评价	指导老师签名：　　　　　　日期：						

注：1. 此表一式两份，一份由院校存档，一份入预备技师学籍档案。
　　2. 考核成绩均为百分制。

教学项目四　篝火摆动动画制作

1. 项目内容

设计制作篝火摆动动画

2. 项目要求

2.1 能够掌握使用节点网络和素材库管理动画资料的方法

2.2 能够掌握常用特效节点的使用方法

2.3 能够设计制作篝火摆动动画

3. 教学资源

3.1 师资队伍

由专业骨干教师及企业专家组成。需具备本专业工程师、讲师以上职称或技师、高级技师国家职业资格。

3.2 实习场所及教学设备

主要实习场所及教学设备配置表

项目名称：篝火摆动动画制作

序号	实习场所名称	设备序号	设备名称	数量	工位数	设备功能	备注
1	无纸动画制作室	1	学生电脑	20 套	20	学习、实训	
		2	数位屏	21 个	21	显示、绘图	
		3	教师电脑	1 套	1	讲课、示范	
		4	投影设备	1 套	1	演示教学	
		5	音箱	1 套	1	收听	
		6	ToonBoom Harmony 软件	21 套	21	处理制作	
设备总数：			65				

注：此表按 20 人配置。

4. 任务分解及课时分配

任务分解及课时分配表

教学项目	任务	任务阶段	任务分解	课时
篝火摆动动画制作	篝火摆动动画制作	使用节点网络和素材库管理动画资料	1. 节点网络的使用方法 2. 素材库的使用方法 3. 通过实例练习指导学生熟悉使用节点网络和素材库管理动画资料的技巧	2
		常用特效节点的使用	1. 常用的特效节点功能指导 2. 常见的特效动画制作方法	2
		运动分析	1. 观看现实生活中自然现象的图片、视频，分析运动特点 2. 观看动画片中有关自然现象的图片、视频，进一步分析运动特点，并体会此任务中的运动设计 3. 结合项目要求进一步分析项目中篝火摆动动画制作的运动特点	1
		设计时间节奏	1. 通过时间节奏的设计来表现动作的力度、速度、幅度等变化和特效的变化 2. 根据要求设置关键帧	1
		设计绘制画稿	根据设计稿要求以及所给动画造型，根据关键帧设置，设计绘制项目中的篝火摆动动画	4

5. 项目考核

职业功能模块教学项目过程考核评价表

项目名称：<u>篝火摆动动画制作</u>

<table>
<tr><td colspan="2">班级：</td><td>姓名：</td><td colspan="3">学号：</td><td colspan="2">指导老师：</td></tr>
<tr><td rowspan="3">评价项目</td><td rowspan="3">评价标准</td><td rowspan="3">评价依据
（信息、佐证）</td><td colspan="3">评价方式</td><td rowspan="3">权重</td><td rowspan="3">得分
小计</td></tr>
<tr><td>小组评价</td><td>学校评价</td><td>企业评价</td></tr>
<tr><td>0.1</td><td colspan="2">0.9</td></tr>
<tr><td>职业素质</td><td>1. 和谐的团队合作精神
2. 遵守管理规定
3. 按时完成学习及工作任务
4. 工作积极主动、勤学好问</td><td>考勤表、
班级日志</td><td></td><td></td><td></td><td>0.2</td><td></td></tr>
<tr><td rowspan="3">专业能力</td><td rowspan="3">1. 恰当应用技术要点，镜头结构组织合理，适当应用特效动画，文件结构保持优化
2. 角色线条平滑，造型结构绘制准确，构图合理，动作设计到位，动画性夸张合理
3. 角色动作流畅，时间节奏符合动作要求，动作自然到位</td><td rowspan="3">短片作业</td><td></td><td></td><td></td><td>0.2</td><td></td></tr>
<tr><td></td><td></td><td></td><td>0.4</td><td></td></tr>
<tr><td></td><td></td><td></td><td>0.2</td><td></td></tr>
<tr><td>创新能力</td><td>自定义特效功能模块</td><td>短片作业</td><td></td><td></td><td></td><td></td><td></td></tr>
<tr><td>指导教师
综合评价</td><td colspan="7">指导老师签名：　　　　　　　　　　　　　　日期：</td></tr>
</table>

注：1. 此表一式两份，一份由院校存档，一份入预备技师学籍档案。

2. 考核成绩均为百分制。

附　　件

附件 1　预备技师工作学习手记

使用须知

1. 本手记用于学生取得预备技师证书后，总结记录在企业工作期间完成的典型工作任务。

2. 预备技师在相应职业岗位工作满 2 年（工作业绩突出的可适当缩短），申报参加技师综合评审和业绩评定时，本手记作为证明材料之一。

3. 本手记必须由预备技师本人填写，内容真实可信。

预备技师工作学习手记

时间		地点	
职业活动描述			
典型活动处理			
经验总结			

附件 2　预备技师业绩跟踪手册

使用须知

1. 本手册用于学生取得预备技师证书后，总结记录在企业工作期间完成的典型工作任务及业绩。

2. 预备技师在相应职业岗位工作满 2 年（工作业绩突出的可适当缩短），申报参加技师综合评审和业绩评定时，本手册作为证明材料之一。

3. 本手册必须由预备技师本人填写，内容真实可信。

4. 按周记录工作业绩，按月做出自我鉴定，每季度由所在工作单位对其工作业绩和职业能力的提高情况给出鉴定意见并加盖公章。

预备技师业绩跟踪手册

年　　月

周次	业绩记录
1	
2	
3	
4	
自我评价	
工作单位意见： 负责人： 单位盖章： 日　期：	